张光年 / 著
严 辉 / 主编

张光年全集

第二卷 诗歌二

华中师范大学出版社

新出图证(鄂)字 10 号
图书在版编目(CIP)数据

张光年全集. 第二卷 / 张光年著；严辉主编. —武汉：华中师范大学出版社，2022.6
ISBN 978-7-5622-9789-5

Ⅰ. ①张… Ⅱ. ①张… ②严… Ⅲ. ①诗集－中国－当代 Ⅳ. ①I227

中国版本图书馆 CIP 数据核字(2022)第 080847 号

张光年全集　第二卷

张光年　著　严　辉　主编

编辑室:学术出版中心	电话:027-67867792/3280
责任编辑:梅　杰	责任校对:罗　艺
出版发行:华中师范大学出版社	封面设计:罗明波
社址:湖北省武汉市洪山区珞喻路 152 号	邮编:430079
电话:027-67863426(发行部)　027-67861321(邮购)	
网址:http://press.ccnu.edu.cn	电子信箱:press@mail.ccnu.edu.cn
印刷:湖北新华印务有限公司	督印:刘　敏
开本:710mm×1000mm　1/16	字数:280 千字
版次:2022 年 9 月第 1 版	印次:2022 年 9 月第 1 次印刷
印张:17.5　　　插页:8	定价:98.00 元

欢迎上网查询、购书

敬告读者:欢迎举报盗版,请打举报电话 027-67867353

作者在武汉(1938年)

作者在昆明(1943年)

作者(右)与李公朴在昆明北门书屋后院合影(1944年)

作者(左三)参观越南下龙湾(1962年)

中国作家代表团访问日本,右三为作者(1965年4月)

作者手书诗作《惜春时》

我站在高山之巅望黄河滚滚奔向东南金涛澎湃掀起万丈狂澜浊流宛转结成九曲连环从昆仑山下奔向黄海之边把中原大地劈成南北两面

录黄河颂旧句 一九八六年春 光来识

作者手书《黄河颂》(1986年)

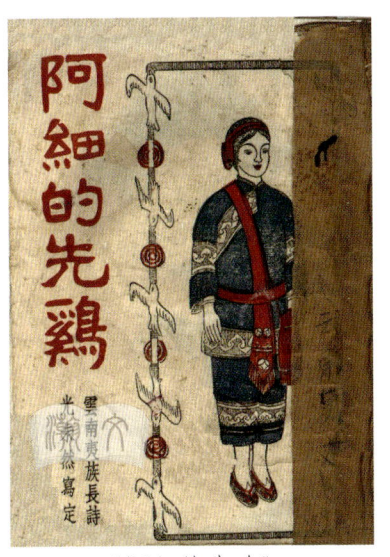

《阿细的先鸡》
（昆明北门书屋1944年初版）

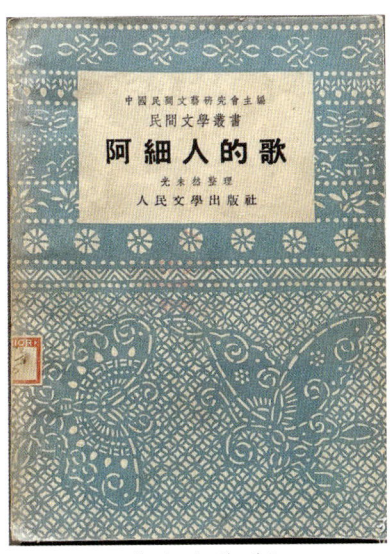

《阿细人的歌》
（人民文学出版社1953年版）

《阿细人的歌》
（人民文学出版社1958年版）

《光未然旧体诗百首》
（2000年初版）

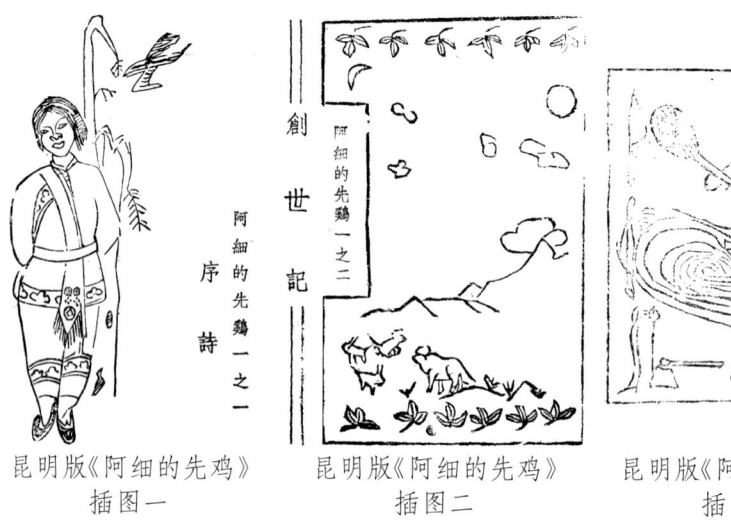

昆明版《阿细的先鸡》
插图一

昆明版《阿细的先鸡》
插图二

昆明版《阿细的先鸡》
插图三

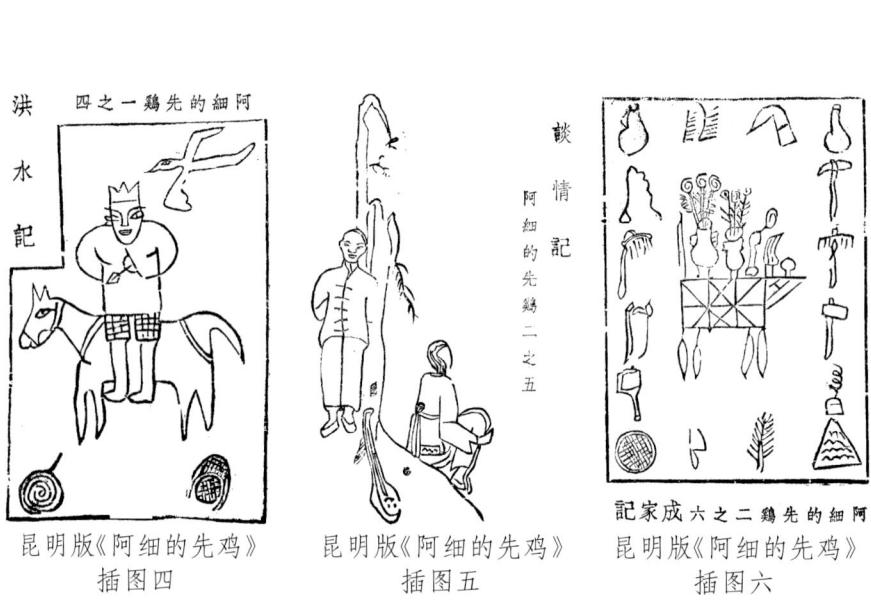

昆明版《阿细的先鸡》
插图四

昆明版《阿细的先鸡》
插图五

昆明版《阿细的先鸡》
插图六

出版说明

《张光年全集》收张光年从1934年起至2001年创作的各类著述，按文体内容分类，以创作时间编年，计划编辑9卷，是一部完备的张光年文学著作总集。

《张光年全集》汇集编入了作者创作的所有文学作品，包括散见于报刊，作者生前未曾编选入集的诗歌、剧本、文论、散文等著述，以及由编者整理的没有发表过的手稿、书信等。

为避免篇目的重复，便于读者查阅，《张光年全集》各卷按文体分类，采用编年体例，以作品的创作时间或初刊时间为序编入。在版本校勘方面，曾收入《张光年文集》（人民文学出版社2002年出版）的作品，如不同时期的版本差别不大，则以《张光年文集》为底本，如内容差别较大，则以初刊为底本，并加以注明；未曾收入《张光年文集》的作品，据最初发表的报刊或手稿进行整理后编入。所收作品中的文字和标点符号，一般依照初刊或手稿原文，最大程度保留作品原貌，如属明显古今异文或讹误之处则加以改正。

本书除保留作者的原注外，适当增加了一些必要的注释，尤其对每篇作品的发表情况和编集情况进行了说明，卷末还附有作家各个时期自编作品集的目录，以增强本书的实用性和学术性。

限于我们的水平和经验，在编辑、注释或校勘等方面，粗疏错漏之处可能在所难免，希望得到广大读者的批评和指正。

编者

2021年10月30日

本卷说明

本卷收入作者创作的全部旧体诗和诗歌体译述作品。这些作品中的大部分篇目曾收入作者的自编作品集《阿细的先鸡》（北门出版社1944年版）、《阿细人的歌》（人民文学出版社1953年版）、《光未然旧体诗百首》（华宝斋书社2000年版）以及《张光年文集》（人民文学出版社2002年版）。其中还有部分作品来自最初发表的报刊或作者的手稿，系首次编集。

本卷分为旧体诗和诗歌体译述两辑，每辑的篇目排列，均按创作时间先后为序，如创作时间不明的篇目，则以发表或出版时间先后排序。篇名处以脚注形式说明该作品的发表情况、编集情况及版本校勘情况，如系作者以前未曾编集的作品，则据初刊或作者手稿进行校订后编入。作者在发表诗歌作品时大都使用"光未然"这个笔名，故署名情况只在使用其他署名时加以注释。本卷末附作者不同时期的自编诗歌集目录，以备研究者查考。

目 录

旧 体 诗

一九四六年

不怕秋风动地来（诗联并跋） ·· 3

一九五八年

河边玫瑰树 ·· 4
工人飞笔写诗篇——记文化宫"七一"晚会 ···························· 6
纸老虎造像——题艾森豪威尔照片 ··· 7
歌中苏会谈公报 ··· 9
风暴人民公社颂 ··· 11
大山大海仰英名 ··· 12
雄风心上留——题苏蒙烈士塔 ··· 13
张北行——歌草原民兵 ··· 14
张垣即兴——赠张家口文艺展览馆 ··· 16

一九五九年

英雄树 ·· 17

一九六二年

读报口占（五首） ··· 19
  麦卡伦法 ·· 19
  什么是"美援" ·· 19
  刚果谣 ·· 19
  迷魂阵 ·· 20

火焰山 ·· 20
越南组歌（六首）·· 21
　　和平何自来 ·· 21
　　纯钢炉中出 ·· 22
　　太原即兴 ·· 22
　　三十万人大合唱 ·· 23
　　下龙湾放歌 ·· 24
　　边海河畔 ·· 26

一九七五年

答毕朔望 ·· 30
采芝行 ·· 31

一九七六年

哭郑律成同志 ·· 33
北海风涛歌——赠日本北海道文化界代表团 ······························ 34

一九七八年

金镜照肝胆——痛怀侯金镜同志 ······································ 35
惜春时 ·· 36
北望唤陶公——怀陶铸同志 ·· 37
星湖·七星岩 ·· 38

一九八〇年

题赵丹画展 ·· 39

一九八一年

洛阳春色 ·· 40
汝窑新生 ·· 41

一九八二年

蓬莱述怀 ·· 42
刘公岛见闻——观北海舰队演习 ······································ 43
长岛月牙湾 ·· 44

一九八三年

望长安 … 45

紫荆关路小照 … 46

崂山汉柏——有凌霄花寄生 … 47

中秋待月写实 … 48

一九八五年

赏樱诗笺 … 49
  樱之桥 … 49
  樱之魂 … 49
  夕鹤赞 … 50

赠访日四团友 … 51
  赠从维熙同志 … 51
  赠邓刚同志 … 51
  赠陈祖芬同志 … 52
  赠陈喜儒同志 … 52

新会到了 … 53

珠海即事 … 54

诗为澳门吟 … 55

大鹏歌 … 56

新会鸟岛 … 58

顺德小唱 … 59

长怀美髯公——祝昆明北门书屋复业 … 60

星海园诗联 … 61

一九八六年

屯溪四首 … 62
  雨中访戴震纪念馆 … 62
  参观陶行知纪念馆 … 62
  屯溪三江楼即景 … 63
  骐骥跨层峦——题赠林其锬、陈凤金同志 … 63

瓷都漫笔（三首） ……………………………………………… 64
    瓷都感事 …………………………………………………… 64
    赠陶艺家 …………………………………………………… 64
    景德城观感 ………………………………………………… 65

井冈诗草 ……………………………………………………… 66
    五一节茨坪记实 …………………………………………… 66
    井冈印象 …………………………………………………… 66
    小井观瀑 …………………………………………………… 66
    一路轻车一路风——赠张涛同志 ………………………… 67

江汉行 ………………………………………………………… 68
    黄鹤楼 ……………………………………………………… 68
    望神女峰 …………………………………………………… 68
    过巫峡 ……………………………………………………… 69
    登白帝城 …………………………………………………… 69
    屈原纪念馆留字 …………………………………………… 69
    《铁流文学》题词 ………………………………………… 70
    王昭君故里 ………………………………………………… 70
    过天门垭 …………………………………………………… 70
    题神农架 …………………………………………………… 71
    过房县 ……………………………………………………… 71
    十堰道上——为长江笔会答第二汽车厂 ………………… 71
    首届长江笔会记事 ………………………………………… 72
    小诗自寿 …………………………………………………… 72
    故乡情 ……………………………………………………… 72
    访襄阳隆中 ………………………………………………… 73

苦旱唤雷雨——赠曹禺同志 ………………………………… 74

读韩美林画册 ………………………………………………… 75

一九八七年

赠友人，并以自遣 …………………………………………… 76

访天尽头得句	77
戏赠牟平莒城盐场	78
题赠中国文联烟台文艺之家	79
登泰山绝顶	80

一九八八年

八方热眼望琼州	81
题两院	82
谒海瑞新墓	83
四十三年一饭香——赠伍虹同志	84
通什云栖度假村——村后登山观瀑布	85
观东坡笠屐图	86
东莞小诗（外一首）	87
大岭山留诗	87
虎门留诗	88
三国赤壁	89
潜江林海	90
兴山高岚卧佛岭	91
书愤	92
巴东垭	93
神农架道上	94
长江还是好长江	95

一九八九年

一九八八江汉行	96
当年火把手上擎——祝艾青八十寿辰	98
冰心心肠热——祝冰心大姐九十大寿	99
祝夏衍九十大寿	100

一九九〇年

题赠中国少年儿童活动中心	101
悼吴强	102

高谊长温肺腑间——贺老志诚执教六十周年、八十诞辰 …………… 103
答谢汕头大学 …………………………………………………… 104
汕头第一课 ……………………………………………………… 106
凤城新貌（外一首）……………………………………………… 108
南海飞瀑 ………………………………………………………… 109

一九九一年

过宝安（二首）…………………………………………………… 110
石湾陶艺最传神 ………………………………………………… 111
丝路短歌（十首）………………………………………………… 112
  武威纪事 …………………………………………………… 112
  沙漠公园留字 ……………………………………………… 113
  镍都留字 …………………………………………………… 113
  张掖日记 …………………………………………………… 113
  血染高台映党旗 …………………………………………… 114
  嘉峪关头赛瓜节 …………………………………………… 114
  望阳关 ……………………………………………………… 115
  敦煌鸣沙山 ………………………………………………… 115
  访敦煌莫高窟 ……………………………………………… 115
  闻道河西雨 ………………………………………………… 116

一九九二年

周至县仙游寺诗联 ……………………………………………… 117
为于伶祝寿词 …………………………………………………… 118
怀念柯仲平——为云南广南县柯仲平纪念馆写诗联 …………… 119

一九九四年

八十一岁生日，小诗自遣 ……………………………………… 120

一九九五年

杭州小诗（五首）………………………………………………… 121
  莫干山 ……………………………………………………… 121

含笑	121
品茶	121
双虹	122
香火旺	122

二〇〇〇年

| 哭文华弟 | 123 |

诗歌体译述

一九四二年

兵士（歌词）	127
自由的节日（歌词）——自罗曼·罗兰的诗篇《七月十四》	128
我不愿流浪（歌词）	129

一九四四年

阿细人的歌	131
第一部	131
序诗	131
创世记	136
开荒记	143
洪水记	151
第二部	163
谈情记	163
成家记	177
《离骚》今译	192
《九章》今译	210
惜颂	210
涉江	214
哀郢	216
抽思	219
怀沙	223

思美人 …………………………………………………………… 226

　　惜往日 …………………………………………………………… 229

　　橘颂 ……………………………………………………………… 232

　　悲回风 …………………………………………………………… 233

一九四五年

《九歌》今译 ………………………………………………………… 239

　　东皇太一 ………………………………………………………… 239

　　云中君 …………………………………………………………… 240

　　湘君 ……………………………………………………………… 240

　　湘夫人 …………………………………………………………… 242

　　大司命 …………………………………………………………… 244

　　少司命 …………………………………………………………… 245

　　东君 ……………………………………………………………… 246

　　河伯 ……………………………………………………………… 247

　　山鬼 ……………………………………………………………… 248

　　国殇 ……………………………………………………………… 249

　　礼魂 ……………………………………………………………… 250

附录：张光年诗歌集书目目次 …………………………………………… 251

旧 体 诗

❋一九四六年❋

不怕秋风动地来[①]（诗联并跋）

不怕秋风动地来
　　回头定教黄叶绿（上联）
试看曙色从天降
　　放眼何愁光未然（下联）

一九四六年十一月一日写于北平

[跋语]一九四六年十一月一日，我和黄叶绿同志在北平结婚。其时内战已全面爆发，延安、张家口相继沦陷。这正是黎明前的黑暗时刻，我在北平待不住了。适接晋冀鲁豫边区北方大学校长范文澜同志电邀，我们婚后便离平去太行。这次婚礼（其实并没有举行通常的礼仪，应叫做婚会），是好友汪行远（已故）、沈一帆同志热心操办的。他们有意借此操办成为饶有政治文化气氛的热闹的文化界集会，冲破一下当时的沉闷空气。我们在宿舍院子里举行鸡尾酒会，晚上有小型的音乐会。张恨水老人为这次强颜为欢的婚会撰写了专栏报道文章，在上海《文汇报》上发表了。这里是我当时自撰自写的一副对联，悬挂在会客室，自觉还有点意思。上联"回头"二字原为"转瞬"，后来改了。"定"字恨水老人引用时误为"空"字，现在改回来了。张恨老如活着，想来也会同意的。一九八七年八月光年记。

[①] 本篇作于1946年11月1日，是光未然为自己和黄叶绿的婚礼所作诗联。曾收入《光未然歌诗选》和《张光年文集》（第一卷）。

❋一九五八年❋

河边玫瑰树①

窗前玫瑰树,
吐蕊黄河边。
亭亭高如柳,
朵朵大如拳。
鲜花一团团,
枝条着地弯;
娇红一串串,
可以做花环。
峡谷多春风,
迎风醉若颠;
月下吐幽芳,
满院香且甜。
谁说黄河两岸多风沙,
不比花香鸟语是江南?
试看牡丹玫瑰多丰采,
三门峡畔展笑靥。
男女建设者,
鏖战三门关,
工地踏歌回,
玫瑰迎人在窗前,

---

① 本篇作于 1958 年 5 月 8 日,曾收入诗集《五月花》和《光未然旧体诗百首》。

香风扑人脸，
长臂拂人肩。
今天任务完成好，
倒在床头梦也酣：
梦见峡谷建成水电站，
荒山变成花果山，
满山玫瑰牡丹花如烟。

      1958年5月8日于三门峡

工人飞笔写诗篇[1]
——记文化宫"七一"晚会

走进工人文化宫,
满园灯彩斗霓虹。
红灯照见英雄榜,
个个英雄满面红。

走进工业展览厅,
冲天才智使人惊。
首都多少新产品,
夺得寰球第一名。

走进工人文化园,
歌声一片响连天。
处处布成诗画阵,
朵朵新诗入管弦。

纸是乾坤写不完,
笔是钢铁大如椽。
整顿乾坤一张纸,
工人飞笔写诗篇。

---

[1] 本篇作于1958年7月1日。曾收入诗集《五月花》。

纸老虎造像①
——题艾森豪威尔照片

你这一副尊容，
样子实在难看！
瞧你龇牙咧嘴，
露出豺狼心肝！

中东人民起来，
挣脱殖民锁链；
这是天大好事，
高山大海同欢。

你这西方海盗，
吓得愁眉苦脸，
派出虾兵蟹将，
平地掀起波澜。

你这狰狞面孔，
教人越看越烦！
逞的什么威风？
打的什么算盘？

我们中国人民，

---

① 本篇发表于1958年《文艺报》第14期。曾收入诗集《五月花》。

早就把你看穿；
你是个纸老虎，
戳穿不值一钱！

你这个纸老虎，
早被大家戳穿；
这边戳了个洞，
那边戳了个眼。

看你青面獠牙，
其实外强中干。
吓得了软骨头；
吓不倒英雄汉！

伊拉克弟兄们，
举起你英雄拳！
黎巴嫩弟兄们，
抖起你英雄胆！

世界各国人民，
站在你们一边。
揪住这纸老虎，
戳它个稀巴烂！

1958年7月18日　北京

歌中苏会谈公报[①]

一只大鹏金翅鸟,
万里高空送赫老,
金光闪闪如流星,
穿云钻雾迎风跑。
飞过云山千万重,
忽见霞光云中绕;
红霞涌出北京城,
云端赫老连叫好。
喜见好鸟天外来,
喜看好友彩云到,
中国领袖毛泽东,
满面红光迎空笑。
中苏两党心连心,
中苏友谊宝中宝!
巨手相挽喜相逢,
慧眼相看心相照。
近来中东风云紧,
豺狼张牙又舞爪;
各国人民仰望多,
中苏会谈不可少。
中南海畔好谈心,
绿树红墙湖光绕。
八月挥扇起东风,

[①] 本篇发表于1958年《文艺报》第15期。曾收入诗集《五月花》。

再把西风压个倒。
迎头痛斥一声雷,
当头棒喝一张表;
严重警告侵略者,
惹出祸来你自讨!
民族解放怒潮高,
帝国主义风前草;
倘使大火烧起来,
定把毒草连根扫!
我今警告侵略者,
悬崖勒马须趁早!
劝你收兵早回头,
坐下谈判好不好?
公报句句动人心,
公报字字入人脑。
全球欢呼震山岳,
山也笑来海也笑。
各国人民爱和平,
不准豺狼耍奸巧!
予打击者以打击,
和平人类准备好!
可笑帝国主义者,
奔走骇汗惊相告,
捧起公告手只抖,
看见公报眼只跳。
晴天霹雳心易碎,
泰山压顶身易倒!
和平巨人谈笑间,
敌人大事不好了!

1958年8月5日

风暴人民公社颂①

大王结成风暴社,
红星飞上九重天。
大王结队来相见,
米粮钢铁堆成山。

---

① 本篇发表于 1958 年《蜜蜂杂志》第 10 期,署名张光年。诗前有编者前记:"今年九月十日上午,中国作家协会的一批诗人和作家,到徐水县大王店风暴人民公社参观,应公社党委会陈书记邀请,当场颂诗六首。"本诗即为其中一首。未曾收入自编作品集和文集。

大山大海仰英名[1]

大仁大义生大勇,
大山大海仰英名。
仁义之光垂宇宙,
豺狼之辈摄心魂。
友谊结成连理树,
和平铸好铁长城。
东风日行九万里,
歌唱人民志愿军。

---

[1] 本篇发表于 1958 年 10 月 29 日《光明日报》。未曾收入自编作品集和文集。

雄风心上留[①]
——题苏蒙烈士塔

狂飙如狮吼，
振臂上高丘。
奇兵穿大漠，
歼敌狼窝沟。
红星指北斗，
华表出云头。
仰望烈士塔，
雄风心上留。

小注：狼窝沟在张家口以北，形势险要。1945年苏蒙联军助我解放张家口，曾在此痛歼日寇。最近我代表文联、作协参加张家口地区文艺工作者大会，于十月革命四十一周年之前一日，过狼窝沟，谒烈士塔。其时北风怒吼，山顶积雪未消，塔上红星，光芒四射。

[①] 本篇与《张垣即兴》《张北行》，以《塞上行》（三首）为题发表于1958年11月25日《人民日报》，曾收入诗集《五月花》《光未然诗存》和《张光年文集》（第一卷）。

张 北 行①
——歌草原民兵

我来张北看草地，
牧草割尽我来迟。
遍地高炉喷烟雾，
烟高地阔觉天低。

北风掠耳日偏西，
何处声声有马嘶？
久闻塞北多良马，
正是骑兵操练时。

马上民兵意气豪，
男兵英武女兵骁，
一声号令风尘起，
好似游龙戏浪涛。

枪在肩头刀在腰，
人有精神马有膘。
一心跨上千里马，
直飞东海斩狂蛟。

---

① 本篇与《雄风心上留》《张垣即兴》，以《塞上行》（三首）为题发表于1958年11月25日《人民日报》，曾收入诗集《五月花》。后节选部分内容改名为《草原民兵》，收入《张光年文集》（第一卷）。这里内容据初刊。

草原如今公社化，
炼铁炼钢炼兵马。
战马俯仰如人意，
拉草拉犁拉矿砂。

张北女儿木兰花，
马上飞腾如箭发；
下马投入钢铁阵，
火焰山里舞钢叉。

马下工农马上兵，
何妨倚马写诗文？
人有豪情马有胆，
揣诗纵马过长城。

塞上风光日日新，
新诗新画写新人；
新人新事写不尽，
万马驮诗到北京。

张垣即兴①
——赠张家口文艺展览馆

哪怕一穷二白！
有钢铁巨手，
英雄气概。
高炉夜战吐红烟，
照亮了长城内外；
挖出地下宝藏多，
炼成个黄金世界；
教江南大吃一惊，
同夸塞北。
有最新最美图画，
成千成万诗才。
问杜甫、李白：
可敢登上赛诗台，
比个又好又多又快？

---

① 本篇与《雄风心上留》《张北行》，以《塞上行》（三首）为题发表于1958年11月25日《人民日报》，曾收入诗集《五月花》。

※一九五九年※

英雄树[1]

在广州喜见木棉树。绿叶未吐，红花先开，昂首特立于万绿丛中，张华盖以迎骄阳。听韩北屏同志说，树因诗人而得名。大革命时，郭沫若同志见木棉品格不凡，因题名为英雄树。今已叫惯了。树下徘徊，喜而赋此。两首末联破格处，是漫不经心之过。

其一

红花一树带火烧，
星光万点压林梢。
昂昂铁臂凌空举，
勃勃英姿立地高。
羞与牡丹争色相，
敢同虹女[2]斗妖娆。
朝恋骄阳夕恋月，
排云拨雾把头翘。

其二（用前韵）

耿耿忠心似火烧，

---

[1] 本篇发表于1959年4月12日《人民日报》，曾收入《五月花》《光未然歌诗选》《光未然诗存》《光未然旧体诗百首》和《张光年文集》（第一卷）。
[2] 古人把彩虹比做美女，称为虹女。——作者原注。

拼将热血染林梢。
当年枝干经霜久,
此日云霞放眼高:
风物四时多变化,
江山何处不妖娆?
绿海翻腾红旗舞,
万头攒动向天翘。

※一九六二年※

读报口占[①]（五首）

麦卡伦法

刀把子攥在强盗手里，
强盗的意志就是法律。

什么是"美援"

什么是"美援"？
什么是"和平队"？
谁指望它大发慈悲，
谨防千百万人头落地！

刚 果 谣

卢蒙巴，
基赞加！
客人杀到
主人家！
卢蒙巴，
基赞加！

[①] 本篇发表于1962年2月3日《人民日报》。未曾收入自编作品集和文集。

血仇入土
要开花！

迷 魂 阵

（顷闻美国国务卿腊斯克鼓吹"和平革命"，令人啼笑皆非！）

"和平革命"？
迷魂阵！
腊斯克的淫词小调，
唱与谁听？

火 焰 山

（腊斯克在美洲外长会议上，叫嚣"制裁"古巴，"开除"古巴，把古巴"排除"在美洲国家组织外。闻之哈哈大笑。）

海上一座火焰山，
烧亮美洲半边天。
你要赶它出大海，
谅你没有赶山鞭！

海上一座火焰山，
大火烧到阎王殿，
你要扑灭地下火，
谅你没有芭蕉扇！

一九六二、一、二十八

越南组歌[①]（六首）

七月的下半月，参加越南"反美斗争月"活动的十一天中间，越南人民反对美帝国主义、建设社会主义和争取和平统一祖国的战斗热情，深深地感动了我。这几首诗，其中五首是在越南作客期间写出的，回国后有所修改；最后一首是最近几天写成的。半个月以后，又将欣逢越南人民的光荣节日——越南人民共和国国庆日。谨将这中越友谊的不竭之泉所灌溉出来的小花小草，作为向我们两国人民的这个共同节日的微薄献礼。一九六二年八月十六日作者记于北京。

和平何自来

（七月十八日与各国和平代表一同参观越南革命博物馆，题此留念。）

和平何自来？
何以保和平？
重温革命史，
头脑更清明。

[①] 本篇发表于1962年《诗刊》第5期。其中的《和平何自来》《下龙湾放歌》《三十万人大合唱》和《边海河畔》组成《越南组歌》（四首）收入《光未然歌诗选》《光未然诗存》《光未然旧体诗百首》和《张光年文集》（第一卷）。这里内容据初刊。

纯钢炉中出

(题赠太原钢铁厂建设基地)

英雄太原人,
钢筋与铁骨。
英雄太原区,
平地起钢都。
劈山得宝矿,
挥汗筑高炉。
纵横数十里,
绿野如丹沸。
我今访基地,
狂喜且欢呼:
中越友谊树,
花叶同一株。
中越友谊马,
奔驰同一途。
中越友谊矿,
久采永不枯。
入炉冶炼之,
纯钢炉中出。

太原即兴

(七月二十日群众大会印象)

山是这样的绿,

天是这样的蓝,
风送口号入云端,
高举拳头两万。

眼前一片怒火,
心中半壁河山。
喜看烈焰正燎原,
齐向南方呼唤。

今日工业基地,
曾是革命摇篮;
当年几度挽狂澜,
经过钢锤火炼。

人是这样的亲,
心是这样的虔。
专程飞渡睦南关,
献出光荣礼赞。

三十万人大合唱

（七月二十二日河内群众大会散会时印象）

团结的歌声,
唱了一遍又一遍。
一句未落音,
一句忙来赶;
团结与斗争,
声声如轮转;
九重云海起洄澜。

三十万人大合唱，
歌声充塞天地间。
会已散，
人不散，
台上台下相召唤。
朋友来自五大洲，
同声献出英雄赞。
巴亭广场怒潮翻，
千山万壑动心弦。
我本黄河一滴水，
化入红河波浪间。

下龙湾放歌

（下龙湾在海防附近，有小岛千余，星罗棋布，各其画意。传说古时河内神龙由此下海，群龙匍匐迎拜。邻近有拜子龙湾。我于一九四五年冬逃亡越南，混迹蒋匪军中，登美舰穿四海而北上。当时由此出海，竟木然无所觉。七月二十六日上午，风平浪静，得半日畅游，当晚写此。湄公河流入南越，分为九派，越人称为九龙江。诗中以九龙江喻越南南方，并此附识。）

人说南海有灵山，
我今醉倒下龙湾。
仙岛九千九百九十九，
摩肩擦踵环列绿波间。

当年神龙归大海，
群龙匍匐朝天拜，
群龙飞去几千年，
龙骨块块生绿彩：

或如狮，或如虎，
或如鸡斗如蛙鼓，
大象卷鼻作龙吟，
凤凰展翅腾空舞，
拳头举起浪花开，
刀锋怒向青云吐。
游船忽被虹桥拦，
桥下才可一箭穿，
回头又见美人峰，
翠袖飘摇招我还。
碧海浓于酒，
仙山看不完。
我欲任取一岛作盆景，
置之案头当清玩。
一湾绿酒一船诗，
遥想十七年前亡命时，
敌舰送我出南海，
可怜路过仙乡我不知！
今朝访越南，
主人笑我痴，
深情邀我下龙湾，
正是南海群龙翻身鼓浪时。
南海波涛壮，
一浪高一浪。
大风起兮九龙江，
下龙湾里风云荡。
千山万岛排成队，
青狮白象列成行，
只待一声号令来，
看它龙吟虎啸腾空飞向九龙江！

边海河畔

（边海又名贤良江，两岸有渔民村，在越南中部北纬十七度线上。我于七月二十三日同各国和平代表一起到达永宁，当晚参加了群众大会。次日清晨来到边海河畔，隔河南望，心如潮涌。南越有金瓯半岛，其最南端有金瓯角。诗中以金瓯泛指越南南方。）

边海河，
临大海，
一河绿水向东来；
锦绣越南女儿腰，
它是越南腰上一根绿飘带。
晚霞落水金光泻，
归帆摇碎了春江月，
两岸渔歌唱不完，
听它一曲一曲声相叠。
西风紧，
歌声歇，
江南半壁金瓯缺！
绿盈盈一河贤良水，
谁知变成了阴阳界！
一边是红光耿耿的艳阳天，
一边是鬼影幢幢哭声咽。
贤良的水，
贤良的月，
晚霞落水一江血！
老母唤儿儿唤爹，
声嘶力尽音容绝。
夫妻共饮一江水，

隔水不能得一瞥!
越南的水,
越南的血,
能不心碎肝肠裂?
一江离恨一江愁,
流到南洋愁相结!
江水流不尽,
江上大桥横,
有水不能渡,
有桥不能行。
两岸多黄莺,
巧舌百啭声相应;
江上双翠鸟,
来去差池翡翠翎。
到此见此怒填膺,
岂有人而不如翠鸟与黄莺?
隔河遥望"战略村",
但见荒村不见人,
荒村更在荒村外,
碉堡接连碉堡群。
到此见此心如焚,
忽闻隐约传来战鼓声。
君不信?
君不闻?
请君隔河侧耳听:
金铿铿,
鼓嘭嘭,
水腾腾,
雨淋淋。
南海大鹏张大羽,

此日奋力搏长鲸。
"战略村"中起战火,
甘蔗林里出奇兵。
椰子桥上传捷报,
凤凰树下会群英。
乃知冰层之下有烈火,
闻此见此勇气增!
我本北京人,
乘风到永宁。
昨晚环山开大会,
登高寄我相思情。
山连山兮心连心,
海连海兮魂连魂。
黄河长江流日夜,
日夜梦绕南海云。
南海起风浪,
黄海有回声。
南海捕鲸鲵,
东海舞长缨!
今朝访贤良,
桥头放眼量。
天苍苍兮水茫茫,
抽刀断水水无伤。
一水不能分割成两片,
一条心怎能割成南方与北方?
南方望北斗,
北方望金瓯,
心随双眼共飞翔。
蓦回头,
喜欲狂,

江边喇叭播音忙,
看它昂头引颈望江南,
听它殷勤代我诉衷肠。
声朗朗,
气扬扬,
仿佛昨晚大会场。
果然友谊之歌生双翅,
人在江边声浪飘飘飞过江!

      1962.8.11—15,北京

一九七五年

答毕朔望[1]

（怀缅甸旧事，步老毕原韵）

笑迎青鸟叩纱窗，捧读瑶华沁肺香。
滚滚伊江烽火夜，茫茫雪岭白云乡。
望门投止分忧乐，风雨同舟共暖凉。
三十四年说不尽，重温何必菊花黄？

一九七五年八月二日　北京

[附记] 首两句指"青鸟传书"。第三、四句指穿越伊拉瓦底江战火和中缅边境大雪山归国。"望门投止"典故指政治逃亡。

附录　毕朔望《暑月故人清斋闲话有寄》：

"娇花细草偎前窗，隔院菩提送晚香。娓娓史心腾越路，铮铮诗骨旧罗乡。十年课了习真伪，一幅画成看暖凉。想到菊时秋气净，振衣重唱大河黄。（同年七月三十日）"

同年十月下旬菊黄时，《黄河大合唱》终得按原词重唱于京沪。老毕的预言说中了。

---

[1] 本篇作于 1975 年 8 月 2 日。曾收入《光未然诗存》《光未然旧体诗百首》和《张光年文集》（第一卷）。

采 芝 行[①]

（读臧克家诗集《忆向阳》，写此自嘲）

闻道江南灵芝好，愿随大队觅仙草。
不为服食求神仙，但求良药益肝脑。
眼为肝累常迷离，脑因眼幻易昏倒。
仰天长叹路漫漫，起我沉疴宜及早！
向阳花木照眼明，一草一木都是宝。
百里荒湖仙鹤乡，而今辟为芝兰岛。
诗友克家结伴来，种药采药不辞老，
顶风顶雨垦春泥，挥汗扬锹惊湖鸟。
随君壮志学农耕，手不从心常自恼！
随君担粪过长堤，粪筐欺我心如捣！
随君驮米走山岗，米包推我入深沼！
雨急风尖可奈何？幸有工农作前导。
晨起同习实践论，晚来共洗温水澡。
泥深苔滑相扶持，旧恨新仇齐声讨。
与君共守向阳山，谨防狐鼠伸黑爪。
最是夜阑人静后，踏雪巡山直到晓。
与君共服灵芝液，怪君直用大碗舀。
来时瘦骨何嶙峋，归时健步何轻巧！
与君结伴共采芝，君获大芝我获小。

[①] 本篇作于 1975 年 8 月 31 日。曾收入《光未然诗存》《光未然旧体诗百首》和《张光年文集》（第一卷）。

赤芝紫芝九茎芝，妙手拈来入诗稿。
我今披阅向阳篇，自恨采芝何太少！
他日重到宝山游，抖擞精神细寻找！

［附记］需要注解的是，"晚来共洗温水澡"，指的在小组会上接受批判。"采芝"指接受改造，也指写诗。本是无需注解的。这首诗的可取处是全篇四十四行一韵到底，有几处险韵。

❋一九七六年❋

哭郑律成同志[1]

风扫浓阴万里晴,
相约共写艳阳春。
哪堪魂断昌平路?
掷笔搥胸胸若焚!

一九七六年十二月十一日　北京

[作者附记] 郑律成同志猝逝于京郊昌平县。逝世一周前曾过访我处,相约开春后同去江南,合作几首歌曲。

---

[1] 本篇作于 1976 年 12 月 11 日。曾收入诗集《惜春时》《光未然歌诗选》《光未然诗存》《光未然旧体诗百首》和《张光年文集》(第一卷)。

北海风涛歌①
——赠日本北海道文化界代表团

良友远方来，来自北海道。东望盈盈一水隔，犹闻北海风涛啸。反帝相声援，反霸同声讨。寒冬转觉春意浓，喜听战友抒怀抱：——入山斩荆棘，下海斗狂澜，北海渔民阿伊努，世代血汗洒遍千岛间。千岛北海本一体，四岛更与札幌东京血肉连。择捉唤国后，齿舞望色丹，千百年来风浪里，海鲜满载打鱼船。北方有海盗，人称北霸天，霸天霸海霸千岛，四岛久霸不归还。驱我民众离乡土，夺我渔船毁我田。祖祖辈辈生养地，不得回家祭祖先。更见拖网渔霸结队来，兴风作浪肆凶残，使我日日夜夜忧忿裂心肝！千岛唤札幌，四岛望东京，人民齐奋起，大海怒潮生。"还我领土与领海"！国土不全怒不平！——战友一席话，满堂起共鸣。中日人民同忧乐，心随北海共沸腾！九亿人民同反霸，一声怒吼破苍溟；会当翻洋倒海缚长鲸！

1976.12.14，北京

---

① 本篇作于 1976 年 12 月 14 日，发表于 1977 年《诗刊》第 1 期。未曾收入自编作品集和文集。

一九七八年

金镜照肝胆①
——痛怀侯金镜同志②

金镜照肝胆，
照我十五年：
十年共喉舌，
五载相扶搀。
黑线缠人老，
红英堕地残！
春回人不返，
热泪灌文田！

1978年12月8日

---

① 本篇作于1978年12月。曾收入诗集《惜春时》《光未然歌诗选》《光未然诗存》《光未然旧体诗百首》和《张光年文集》（第一卷）。
② 我与侯金镜同志在《文艺报》共事十五年。"四人帮"诬指《文艺报》为"文艺黑线的喉舌"。我与金镜、冯牧等同志被送往湖北咸宁文化部干校。劳役未完，金镜竟先我而去！1978年12月为《侯金镜文艺评论选集》作序时，写此志哀。——作者原注。

惜 春 时①

[小引] 一九七八年十二月参观广州电子手表厂，题此留念。

十载金光已浪掷，
争分夺秒惜春时。
引来海外集成术，
助我重修新史诗。

---

① 本篇作于1978年12月。曾收入诗集《惜春时》《光未然歌诗选》《光未然诗存》《光未然旧体诗百首》和《张光年文集》（第一卷）。

北望唤陶公[①]
——怀陶铸同志

皎皎星湖水,
煦煦波海风,
七岩皆肃立,
北望唤陶公。

一九七八年十二月于肇庆波海楼

[①] 本篇作于1978年12月。曾收入诗集《惜春时》《光未然歌诗选》《光未然诗存》《光未然旧体诗百首》和《张光年文集》(第一卷)。

星湖·七星岩①

[小引] 一九七八年十二月偕周扬、夏衍、默涵、李季、君宜、杜埃诸同志游肇庆星湖。

天上七仙女，
获谴堕凡尘，
偷得银河水，
灌此满湖星。
饱经忧患后，
留连波海亭，
湖中多佳丽，
一步一牵情。

---

① 本篇作于 1978 年 12 月。曾收入诗集《惜春时》《光未然歌诗选》《光未然诗存》《光未然旧体诗百首》和《张光年文集》（第一卷）。

❈一九八〇年❈

题赵丹画展[1]

挥泪辞银幕,
泼墨写白芍[2]。
丹心美风骨,
长温艺海波。

一九八〇年十一月十三日 北京

---

[1] 本篇作于1980年11月。曾收入诗集《惜春时》《光未然歌诗选》《光未然诗存》《光未然旧体诗百首》和《张光年文集》(第一卷)。

[2] 第二句五字用阿丹题画诗句。——作者原注。

❋一九八一年❋

洛阳春色[①]

姚黄魏紫诚可贵,
幼柏新松弥足珍。
都说洛阳春色好,
辛勤莫忘护花人。

(1981年4月22日游览洛阳牡丹公园口占)

---

① 本篇作于1981年4月。曾收入诗集《惜春时》和《张光年文集》(第一卷)。

汝窑新生[①]

温柔敦厚传诗教,
玉洁冰清想翠容。
汝窑美誉流千载,
继往开来此日功。

1981年4月24日在河南临汝参观汝瓷厂

[①] 本篇作于1981年4月。曾收入诗集《惜春时》和《张光年文集》(第一卷)。

一九八二年

蓬莱述怀[①]

当年八仙过海化缘去；
饥民浪迹海外求温饱；
几度大旱之年人相食；
千岁老槐阅尽沧桑皆知晓。
仙阁何峥嵘！
海市何缥缈！
八仙太可怜，
魂兮归来早！

1982 年 8 月 21 日于烟台

[①] 本篇作于 1982 年 8 月。曾收入诗集《惜春时》和《张光年文集》（第一卷）。

刘公岛见闻[①]
——观北海舰队演习

莫说岛不大,
乃北海的门。
莫说山不高,
有民族的魂。
莫说海不深,
是侵略者的坟!
此日威海奋海威,
使我扬眉吐气长精神。

1982 年 8 月 21 日于烟台

[①] 本篇作于 1982 年 8 月。曾收入诗集《惜春时》《光未然诗存》《光未然旧体诗百首》和《张光年文集》(第一卷)。

长岛月牙湾①

碧海蓝天月牙湾,
田黄羊脂何团圞!
望夫礁上思妇泪,
化为珠玉涌长滩。

1982年8月21日烟台

---

① 本篇作于1982年8月。曾收入诗集《惜春时》《光未然歌诗选》《光未然诗存》《光未然旧体诗百首》和《张光年文集》(第一卷)。

一九八三年

望 长 安[①]

大地新安三五年，
杜鹃含笑染江南。
绿水青山抬望眼，
神州处处盼长安。

[附记]五月中旬，偕黄源、高光、吴泰昌等同志游览新安江水库，参观电厂。车过富春江、新安江，满目江南春色。其时杜鹃旺季才过，含笑、月季盛开。电厂同志索书，率题一绝。北望京华，遥祝六届人大、政协取得伟大胜利，各条战线排除内外干扰、团结奋发，伟大祖国长治久安。

1983年6月记

[①] 本篇作于1983年5月。曾收入诗集《惜春时》《光未然歌诗选》和《张光年文集》（第一卷）。

紫荆关路小照①

千手观音着绿纱，
云杉夹道吐芳华。
一日三回看不足，
翠袖相邀最是她。

1983年中秋于青岛

---

① 本篇作于1983年9月。曾收入诗集《惜春时》《光未然歌诗选》《光未然诗存》《光未然旧体诗百首》和《张光年文集》（第一卷）。

崂山汉柏①
——有凌霄花寄生

铁臂撑天二千年，
笑看大浪撼崂山。
奈何风送凌霄客，
吸血缠腰扭过肩！

1983年中秋于青岛

---

① 本篇作于1983年9月。曾收入诗集《惜春时》《光未然歌诗选》《光未然诗存》《光未然旧体诗百首》和《张光年文集》（第一卷）。

中秋待月写实①

白浪扑堤堤敢抗，
中秋待月月昏黄。
浮云掩映成奇趣，
话到凌霄笑破肠。

---

① 本篇作于 1983 年 9 月，与《紫荆关路小照》《崂山汉柏》一起，以《青岛小诗（三首）》为题发表于 1983 年《海鸥》第 11 期。发表时无题，这里据作者手稿补入。手稿上诗末有一段说明文字："1983 年中秋在青岛山海关路一号携黄叶绿、金熙英夫妇、仲曦东夫妇登屋顶待月漫话。"未曾收入自编作品集和文集。

❋一九八五年❋

赏樱诗笺[①]

樱 之 桥

（献给为中日文化交流搭桥铺路的人）

醉眼樱花紫玉林，
两京四国彩云新，
霞光铺就银河路，
牵动牛郎织女心。

樱 之 魂

（赞樱花长寿）

风横雨扫紫云英，
满树繁星忽断魂！
莫道红颜多薄命，
年年此日笑迎春。

---

① 本篇发表于1985年5月14日《人民日报》。后改标题为《赏樱绝句》，收入诗集《惜春时》《光未然歌诗集》《光未然诗存》《光未然旧体诗百首》和《张光年文集》（第一卷）。

夕 鹤 赞

(祝山本安英主演的木下顺二名剧《夕鹤》上演一千回)

风雨沧桑二十年,
重来执手问平安。
樱花时节春光好,
夕鹤长鸣唳九天。

一九八五年四月 东京

赠访日四团友①

赠从维熙同志

心驰雪落黄河处，
每忆血喷白玉兰②。
东来访友成良友，
正字敲诗谈笑间。

1985 年 4 月 17 日凌晨于东京

赠邓刚同志

倒海翻江龙兵过，
人迷大海海迷人③。
邓刚跨海东游日，
不忘下海多捞珍。

1985 年 4 月 16 日凌晨于东京

---

① 本篇作于 1985 年 4 月。曾收入诗集《惜春时》《光未然诗存》《光未然旧体诗百首》和《张光年文集》（第一卷）。

② 首二句指从氏名作《雪薄黄河静无声》及《大墙下的红玉兰》。——作者原注。

③ 首二句指邓刚名作《龙兵过》及《迷人的海》。——作者原注。

赠陈祖芬同志

占得奔波命不差①,
为描春意走天涯。
试听喜鹊喳喳笑,
笑来一树报春花。

1985年4月15日晨于东京

赠陈喜儒②同志

代人提问代人答,
既当向导又管家。
东洋两岸传高谊,
中日作家谢谢他。

1985年4月15日晨于东京

---

① 陈在宫岛神社戏求吉签,占得奔波命。她自喜应验不差。——作者原注。
② 陈是代表团通译兼秘书。——作者原注。

新会到了①

千葵万葵展臂迎，
放眼侨乡遍地春。
少年嗜读饮冰室；
白首重游新会城。
康梁功过一分二；
改革艰难古到今。
时代史诗从头写，
荡气回肠意纵横。

1985年5月21日开平、新会道上

---

① 本篇作于1985年5月。曾收入诗集《惜春时》《光未然歌诗选》《光未然诗存》和《张光年文集》（第一卷）。

珠海即事①

客来何事最牵情？
南海明珠掌上擎②。
玉宇琼楼拔地起，
祥云瑞气向阳升。
门开八面接天外，
酒过三巡答远宾。
谁使荒滩变宝岛？
胸中自有指南针。

1985 年 5 月 23 日凌晨于珠海

---

① 本篇作于 1985 年 5 月。曾收入诗集《惜春时》《光未然歌诗选》《光未然诗存》《光未然旧体诗百首》和《张光年文集》（第一卷）。

② 指珠海的一座雕塑新作。——作者原注。

诗为澳门吟[①]

首都传喜讯,
中葡协议新。
身是香洲客,
诗为澳门吟。
江海同一脉,
棠棣共月明。
中华腾飞日,
亲上更加亲。

      1985年5月24日　珠海——蛇口船上

[①] 本篇作于1985年5月。曾收入诗集《惜春时》和《张光年文集》(第一卷)。

大 鹏 歌[①]

长鲲化大鹏,
振翅破层云,
扶摇上高空,
长啸惊四邻。
我本南飞雁,
衔笔到深圳,
梦魂萦绕地,
运笔竟不灵!
走马看锦绣,
满眼皆缤纷;
蛇口瞥一角,
过眼如烟云。
灵感今何在?
愧对特区人!
大鹏多壮志,
四化称尖兵,
航程九万里,
长驱作先行。
高空有雷电,
足下有乌云,
鸥鹅皆敛羽,

[①] 本篇作于1985年5月。曾收入诗集《惜春时》《光未然歌诗选》《光未然诗存》《光未然旧体诗百首》和《张光年文集》(第一卷)。

燕雀讥笑频。
风浪寻常事,
何尝天地倾!
夜行望北斗,
日行看指针,
心雄翅膀硬,
才是特区人!
自古开拓者,
履险启山林。
大鹏金翅鸟,
火眼有金睛。
成败系大局,
举国瞩望殷!
我唱大鹏歌,
感慨满胸襟。
大鹏金翅鸟,
奋羽更长征!
努力学鹏举,
下笔方有神。

      1985年5月27日晨 深圳

新会鸟岛[1]

浓云骤雨走郁雷,
观鸟楼前唤鸟归。
嫩羽锻成鹰羽健,
夜班换与白班栖。
老榕覆地胸怀广,
千鹤巡天自在飞。
试看低空云破处,
穿梭群翼过重围。

1985年6月14日　广州小岛

---

[1] 本篇作于1985年6月。曾收入诗集《惜春时》《光未然歌诗选》《光未然诗存》《光未然旧体诗百首》和《张光年文集》(第一卷)。

顺德小唱[1]

花乡果乡鱼米乡，
工农百翼共翱翔。
壮志滔滔龙江水，
凤城出了金凤凰。

---

[1] 本篇作于1985年6月，与《新会鸟岛》一起，以《诗二首》为题发表于1985年《作品》第9期。未曾收入自编作品集和文集。

长怀美髯公[①]

——祝昆明北门书屋复业

制敌笔是剑，
求真书有功。
北门遗风在，
长怀美髯公。

1985 年 11 月 15 日　北京

[附记] 李公朴同志曾于四十年代在昆明创办北门书屋、北门出版社。当时李蓄长须，人称美髯公。北门出版社有一副牌，曰：求真出版社，也出过几本书。准备北门出问题时还可以继续生存。

---

① 本篇作于 1985 年 11 月。曾收入诗集《惜春时》《光未然歌诗选》《光未然诗存》《光未然旧体诗百首》和《张光年文集》（第一卷）。

星海园诗联①

山是白云星是海
歌满中华花满园

[附记] 这是一九八五年十一月二十五日为祝贺白云山下的星海园落成撰写的诗联。当天用宣纸写就,交托应邀去广州参加落成典礼的冼尼娜同志(星海的女儿)带到星海园,略表我的心意。

一九九一年五月十日北京记

---

① 本篇作于 1985 年 11 月 25 日,为广州星海园所作诗联。曾收入《光未然诗存》和《张光年文集》(第一卷)。

一九八六年

屯溪四首①

雨中访戴震纪念馆

小巷尽头访戴震,
风雨萧萧仰大师。
槛外横江流日夜,
文星璀璨照屯溪。

1986年4月18日

参观陶行知纪念馆

行知深知行不易,
知行力行知更难!
来去匆忙为大事②,
长留钢骨在人间。

1986年4月23日 屯溪

---

① 本篇发表于1986年《诗刊》第8期。曾收入诗集《惜春时》,后改标题为《屯溪三首》(即《屯溪三江楼即景》《参观陶行知纪念馆》和《题赠林其锬、陈凤金同志》三首),收入《光未然歌诗选》《光未然诗存》《光未然旧体诗百首》和《张光年文集》(第一卷)。这里据内容初刊。

② 陶自述:"为一大事来,做一大事去。"——作者原注。

屯溪三江楼即景

三江欢洽①一望收，
阅世雄桥四百秋。
溪畔捣衣声声脆，
山脚又见起高楼。

1986 年 4 月 23 日

骐骥跨层峦
——题赠林其锬、陈凤金同志

骐骥跨层峦，
志在千里外。
放眼花果山，
登临成一快！

1986 年 4 月 18 日　屯溪

[附记] 林、陈夫妇以四年业余时间，成《刘子集校》一书。我深服其用力之勤，考订之精。题赠俚句，祝他俩在学术研究上取得更大成功。

---

① 指率水、横江、新安江在屯溪汇合处，从屯溪华山宾馆三江楼凭台瞭望，尽收眼底。——作者原注。

瓷都漫笔①（三首）

瓷都感事

瓷都三日游，
使我心魂醉。
古玉皆足珍，
新花更可贵。
泥土化神奇，
须经丹炉焙。
为人为文者，
深解此中味。

1986年4月27日下午

赠陶艺家

精雕细刻手，
珠光宝气花。

---

① 本篇发表于1986年《百花洲》第4期。改标题为《景德镇》（三首）收入诗集《惜春时》，后再改标题为《瓷都感事》（二首），即《瓷都感事》和《景德城观感》，收入《光未然歌诗选》《光未然诗存》《光未然旧体诗百首》和《张光年文集》（第一卷）。这里内容据初刊。

瓷都放异彩，
帝哉陶艺家。

1986年4月27日下午

景德城观感

浮梁瓷艺世所珍，
承前启后费经营。
缓同强手争甲乙，
震古铄今日日新。

1986年4月27日上午

井冈诗草[①]

五一节茨坪记实

大雾初收欲放晴,青峰素面拥山坪。
茶余共话英雄谱,喜听新婚彩爆声。

一九八六年五月二日下午于茨坪

井冈印象

当年鏖战地,雾里翠林密。
处处映山红,指点长相忆。

一九八六年五月四日晨于吉安

小井观瀑

倚山八千步,为访玉女潭。
忽入白云帐,但闻潭水喧。
美人不得见,云雀唤我还。
重过所来路,迎面多紫兰。

---

① 本篇发表于1986年《星火》第7期。曾收入诗集《惜春时》《光未然歌诗选》《光未然诗存》《光未然旧体诗百首》和《张光年文集》(第一卷)。

合抱含笑树,高攀猴杜鹃。
又见水晶瀑,跌荡下悬岩。
晶流何处来?源头百结连。
一步一摇摆,分流笑语欢。
主人请命名,可称百跌泉。
质之陈老总①,然乎抑未然?

一九八六年五月三日于永新

一路轻车一路风
——赠张涛同志

一路轻车一路风,青峰绕过是奇峰。
从君心领英烈传,意兴浓于杜鹃红。

一九八六年五月四日午前于吉安

---

① 据闻:小井是陈毅同志当年常游处。——作者原注。

江 汉 行①

〔小引〕一九八六年十月中旬，有幸参加了由沿长江九省市作协分会倡办、作协湖北分会主办的首届长江笔会，回到阔别了四十八年的武汉和鄂北故乡。这次与笔会同志们一起，大半月间，参观了武汉钢铁厂、葛洲坝水电厂、第二汽车制造厂；游览了黄鹤楼、大小三峡和神农架；同各地作家们朝夕相处，开扩了眼界，增长了知识。读活书确有收获。一路上也被逼并自逼出十几首小诗，都是旧体绝句。颇恨平时不练字，也不练句，临时斗胆挥毫，难免贻笑方家。现按写作先后抄存，留作纪念吧。一九八六年十二月二十三日记。

黄 鹤 楼

乘风飞逝越千年，
都为江头太苦寒。
此日祥云临三楚，
楼随黄鹤载诗还。

1986.10.16. 武昌

望神女峰

凝眸仰望久，

---

① 本篇作于1986年10月—11月，发表于1987年《中国作家》第3期。曾收入诗集《惜春时》《光未然歌诗选》《光未然诗存》《光未然旧体诗百首》和《张光年文集》(第一卷)。

神女露面迟。
振臂长呼唤,
云端知不知?

      1986.10.22. 下午3时,船过神女峰

过 巫 峡

鬼斧神工十二峰,
都被前人勾画穷。
留得千山万壑水,
化为光电耀长空。

      1986.10.23. 为轻舟号游船题字留念

登白帝城

卧龙反顾意何如——
不保残刘保魏吴?
可堪白帝托孤日,
百仞高功一篑输!

      1986.10.23. 轻舟号上

屈原纪念馆留字

热泪滂沱琼玉篇,
文苑受惠两千年。

倘有诗人倡唯我，
何来灵感吊屈原！

1986.10.25. 秭归

《铁流文学》题词

铁流滚滚化为钢，
铸成祖国钢脊梁。
铁花钢花璨璨处，
高炉炼出好文章。

王昭君故里

铁骑压境汉宫惊，
虎将谋臣妙计灵！
独有昭君闯绝域，
千古传奇唱到今。

1986.10.25. 兴山

过天门垭

十里长城挂翠帘，
群仙布阵守蓝天。
云蒸雾绕神农架，
赢得诗人咋舌看。

1986.10.26. 神农架

题神农架

曾是神农百草乡，
点染奇峰作画廊。
多情更有香溪水，
汇入长江万里长。

1986.10.27. 神农架

过 房 县

山是铜墙天是顶，
房里深藏聚宝盆。
远古逐臣流放地，
今日笔会待群英。

1986.10.28. 房县

十堰道上
——为长江笔会答第二汽车厂

飞雪迎宾十堰城，
深秋疑是小阳春。
东风得意笔锋健，
共写千山万木新。

1986.10.28. 房县去十堰道上

首届长江笔会记事

求学钢城水殿间，
轻舟共赏峡中天。
载笔同游神农架，
话到车都说不完。

1986.10.29. 十堰

小诗自寿

山道奔忙六十春，
几回迷醉几回醒！
老来一事堪自慰：
生死关头不丧魂。

1986.10.29. 十堰

故 乡 情

四十八年回故里，
寻门问旧两迷离！
汉江流碧碧如许，
能不开颜共举杯？

1986.11.1. 老河口市

访襄阳隆中

千秋胜迹卧龙冈，
羽扇纶巾美凤凰。
可怜事后诸葛亮，
梦到祁山总断肠！

1986.11.1. 隆中

苦旱唤雷雨①
——赠曹禺同志

苦旱唤雷雨,
日出怜梦沉。
寄情蜕变日,
长忆北京人。
脱口成珠玉,
挥毫多典型。
何时重醉倒,
滚地共长吟?

1986 年 11 月 29 日

---

① 本篇作于 1986 年 11 月,发表于 1988 年《人民文学》第 1 期。曾收入诗集《惜春时》《光未然歌诗选》《光未然诗存》《光未然旧体诗百首》和《张光年文集》(第一卷)。

读韩美林画册[1]

历下美林何所求?
眼勤笔勤腿不休。
时将狂草写奔马,
每以童心弄小猴。
纳天为画画风健,
冶土成诗诗意稠[2]。
随君纵目山阴道,
不觉年轻四十秋。

1986年11月30日

---

[1] 本篇作于1986年11月,发表于1988年《人民文学》第1期。后改名《题韩美林画册》,曾收入诗集《惜春时》《光未然歌诗选》《光未然诗存》《光未然旧体诗百首》和《张光年文集》(第一卷)。

[2] 《纳天为画》,是美林一本画册书名。"冶土成诗",指画家的陶艺精品。——作者原注。

❋一九八七年❋

赠友人,并以自遣①

为人作嫁本无休,
苦辣酸甜自品求。
拜谢春江三尺浪,
金汤荡涤一身愁。

一九八七年七月十四日　北京

---

①　本篇作于1987年7月,发表于1988年《人民文学》第1期。后改名《拜谢春江三尺浪》,收入《光未然诗存》《光未然旧体诗百首》和《张光年文集》(第一卷)。

访天尽头得句[1]

天地本无尽,
何来天尽头?
秦皇朝仙岛,
两海会胶州。
前浪滔滔过,
来潮浩浩流。
痴人说怪梦,
能将日月勾!

1987年7月31日 烟台

---

[1] 本篇作于1987年7月,发表于1988年《人民文学》第1期。曾收入《光未然诗存》《光未然旧体诗百首》和《张光年文集》(第一卷)。

戏赠牟平莒城盐场[1]

盐淀于田,
鱼跃于川。
虾跳于滩,
人奋于先。
三年迈开大步三,
更见雄胆闯雄关。
行看四时花果满林园,
鲜咸之外添鲜甜。

一九八七年八月十八日　烟台

---

[1] 本篇作于1987年8月,发表于1988年《人民文学》第1期。曾收入《光未然诗存》《光未然旧体诗百首》和《张光年文集》(第一卷)。

题赠中国文联烟台文艺之家①

猿臂长伸搏巨鲨,
雪楼八角踞青崖。
朝映娇霞千层紫,
夜听欢潮万众哗。
旧稿梳来歌四卷,
忧怀抛去海之涯。
杜陵野老应颔首,
载笔烟台也有家。

[附记] 首句状海湾形势。次句写客楼景观。我在客楼梳理旧作,编就《光未然歌诗选》。"旧稿梳来"指此。

一九八七年八月十九日　烟台

---

① 本篇作于1987年8月,发表于1988年《人民文学》第1期。曾收入《光未然诗存》《光未然旧体诗百首》和《张光年文集》(第一卷)。

登泰山绝顶①

张老弱病残,能登泰顶否?
都说不可能。老张频搔首。
多谢电缆车,载我凌虚走,
飞越十八盘,直抵南天口。
策杖上天梯,还我好身手!
须臾凌绝顶,人在重霄九。
俯仰天地间,双眸纳万有。
古稀今不稀,莫叹悬崖陡。

　　　　　　　　一九八七年十月十一日　济南

---

① 本篇作于 1987 年 10 月,发表于 1988 年《人民文学》第 1 期。曾收入《光未然诗存》《光未然旧体诗百首》和《张光年文集》(第一卷)。

❀一九八八年❀

八方热眼望琼州[①]

八方热眼望琼州,
琼岛而今喜事稠。
闻鸡起舞腰肢老,
载笔天涯作壮游。

一九八八年二月　海口

[①] 本篇作于1988年2月。曾收入《光未然诗存》和《张光年文集》(第一卷)。

题 两 院[①]

啸傲热林绿海中,
奇花异木闹春风。
试管工程结硕果,
两院才智夺天功。

[①] 本篇是作者 1988 年 3 月参观海南时所作。两院指华南热带作物科学研究院和华南热带作物学院。未曾收入自编作品集和文集。

谒海瑞新墓①

目可抉，舌可刎，
碑可断，墓可翻，
海瑞精灵长留天地间。
椰林下，大海边，
新墓起，更壮观。
游人如织夸海瑞，
声声告慰田汉与吴晗。

一九八八年二月　海口

[附记] 田汉、吴晗也是海瑞一案的牺牲者，是壮怀激烈的革命烈士，这是众所周知的。

---

① 本篇作于1988年2月。曾收入《光未然诗存》《光未然旧体诗百首》和《张光年文集》（第一卷）。

四十三年一饭香①
——赠伍虹同志

曲径穿行木麻黄,村头迎客倾热肠。
文昌隐士开颜日,四十三年一饭香。

一九八八年三月　文昌

---

① 本篇作于1988年3月。曾收入《光未然诗存》《光未然旧体诗百首》和《张光年文集》(第一卷)。

通什云栖度假村①
——村后登山观瀑布

通什山色牵人襟，
牵入云栖度假村。
为访飞龙真面目，
何妨拾级一千层？

一九八八年三月　海南通什

---

① 本篇作于1988年3月。曾收入《光未然诗存》《光未然旧体诗百首》和《张光年文集》（第一卷）。

观东坡笠屐图①

椰笠木屐老东坡，
愁意不多笑意多。
谣诼纷纭何足怪，
吟我新诗唱我歌。

一九八八年三月　儋县

[附记]"谣诼纷纭"指的当时朝廷听信谗言，将苏轼贬于惠州；后来又有人将他的惠州诗篇任意曲解，陷人于罪，于是苏轼再贬儋州。

---

① 本篇作于1988年3月。曾收入《光未然诗存》《光未然旧体诗百首》和《张光年文集》（第一卷）。

东莞小诗①（外一首）

[题记] 一九九〇年秋南游一个月，未去东莞。一九八八年三月下旬，陈残云同志带我到东莞参观四日，工农商业一片兴旺气象。那时每天贪看三四个地方，脑子消化不了。虽在笔记本上记下不少印象，却似乎没能写诗。今年初接韦丘同志从广州来信，他说一九九〇年底曾访东莞大岭山镇，"那里已将你的墨宝裱好挂起来了。我拍了一张，送上，作个纪念"。"墨宝"当然是戏言。但我看了照片，又翻当年日记，感到惭愧。那是一九八八年三月二十六日，东莞市崔洪同志带我们一行数人参观大岭山，登水塔瞭望。在从前打游击的地方，在前些年种竹子、木薯都接连失败的山坡，现在引种良种水果成功了。放眼四面重峦，一望无边的荔枝、龙眼、柑橘青翠幼林，不禁连声叫好。镇委书记要我们题诗留念。我和残云被带进塔亭，迎着斜风细雨，用发叉的大笔，各题写一首五言绝句。老实说，我们两人写的都不够满意。我写的那二十个字，最后三字事后作了修改，离东莞时来不及重写。我愿以后重写寄去。现在将这首五言小诗插入《粤海诗记》；连类而及地将一九八八年三月二十七日为虎门镇委题写的一首，也抄录如下：

大岭山留诗

当年游击地，
今日花果山。
登临齐放眼，

---

① 本篇二诗写于1988年3月下旬。曾收入《光未然诗存》《光未然旧体诗百首》和《张光年文集》（第一卷）。

明朝四野甜。

虎门留诗

龙年访虎门,
龙腾虎跃新。
林公应欢笑,
今朝江海情。

一九九一年五月十日北京抄并记

三国赤壁①

[小引] 十月十九日清晨，在沙市回味蒲圻赤壁之游，也想起苏轼《念奴娇·赤壁怀古》中"人道是三国周郎赤壁"词句，笑了，信口脱出戏作七绝《三国赤壁》。诗曰：

东坡居士念奴词，
千古风流绝唱诗！
奈何轻信"人道是"，
从此长江两壁赤？

一九八八年十月　沙市

---

① 本篇作于 1988 年 10 月。曾收入《光未然诗存》《光未然旧体诗百首》和《张光年文集》（第一卷）。

潜江林海[①]

（观大片远古活化石水杉林）

林网织成稻米仓，
绿色长城百里长。
远古水杉新生代，
平原林海是潜江。

一九八八年十月　兴山

[①] 本篇作于 1988 年 10 月。曾收入《光未然诗存》《光未然旧体诗百首》和《张光年文集》（第一卷）。

兴山高岚卧佛岭^①

[小引] 兴山卧佛岭前远望山态,很像一位胖胖的弥勒佛仰卧看天,一缕白云从佛头飘过。据说晴天日出日落时,可看到红太阳从卧佛口中吐出吞入。此刻却只能看到他吞云吐雾了。口占六言绝句《兴山高岚卧佛岭》,记下此刻印象:

高岚云飘雾绕,
雾里翠屏绿岛。
卧佛仰天长吟,
替我声声叫好!

一九八八年十月于兴山

---

① 本篇作于1988年10月。曾收入《光未然诗存》《光未然旧体诗百首》和《张光年文集》(第一卷)。

书　　愤[①]

巴东垭归途中,看到"文革"期间大面积原始森林被毁惨状,写此书愤。

谎报黄河架木桥,
入山宰凤拔其毛!
当年颁令毁林者,
缉拿归案莫轻饶!

一九八八年十月二十四日晨于神农架

[①] 本篇作于 1988 年 10 月。曾收入《光未然诗存》《光未然旧体诗百首》和《张光年文集》(第一卷)。

巴　东　垭[①]

轻车百转破云端，
俯视群峰初露尖。
鼓掌天开浓雾散，
遥送歌声到四川。

[①] 本篇作于 1988 年 10 月。曾收入《光未然诗存》《光未然旧体诗百首》和《张光年文集》(第一卷)。

神农架道上①

山回路转过重岩，
迎面秋光扑眼帘：
谁教朱黄红绿紫，
林海斑斓壁上悬？

---

① 本篇作于1988年10月。曾收入《光未然诗存》《光未然旧体诗百首》和《张光年文集》（第一卷）。

长江还是好长江①

长江还是好长江,
可惜奔流映日黄!
卧对江南大画卷,
联翩秀色叩门窗。

一九八八年十一月在长航客舱

---

① 本篇作于1988年11月。曾收入《光未然诗存》《光未然旧体诗百首》和《张光年文集》(第一卷)。

※一九八九年※

一九八八江汉行[①]

少年涉江去,四海为家乡。
更名改籍贯,江海两相忘。
汉江一掬水,注入长江长。
长江一朵浪,汇入黄河黄。
风云六十载,奋发未敢闲。
才枯人已老,白手拜乡贤。
故乡今何在?推旧出新篇。
故园今何在?仅存记忆间。
故人今何在?英名碑上悬!
鲜花以为奠,热泪洒陵园。
建国诚不易,改革亦艰难。
摸石过河去?此去非浅滩。
乘风破浪去?每虞风浪翻。
龙年江汉行,山河气象新。
楚人多智勇,劫后创业勤。
楚人多锐气,雄图动我心。
骅骝奋蹄日,长辔勒缰绳!
军令如山倒,相顾众目惊!
猛志过热矣,况乃江水浑。
前辙犹可鉴,整治事有因。

[①] 本篇作于1989年3月。曾收入《光未然诗存》《光未然旧体诗百首》和《张光年文集》(第一卷)。

一九八八江汉行

客机抵站时，滑行着地轻。
提请软着陆，前辙亦可寻！
离乡三回首，风物倍可亲。
来时何生疏？去时几动情！
久经磨砺后，三楚涌群英。
休整再奋飞，楚歌贯白云！

一九八九年三月三日　北京

当年火把手上擎[①]
——祝艾青八十寿辰

当年火把手上擎，
重庆朗诵到昆明。
大堰河水回肠句，
美髯深情夸艾青。

[附记] 艾青的名篇《火把》，我曾先后在重庆、昆明诗会上朗诵。昆明诗会上，美髯公闻一多朗诵过艾青的《大堰河》。

一九八九年三月　北京

---

① 本篇作于 1989 年 3 月。曾收入《光未然诗存》《光未然旧体诗百首》和《张光年文集》（第一卷）。

冰心心肠热[1]
——祝冰心大姐九十大寿

冰心心肠热，
心花传世多。
预约十年后，
再献祝寿歌。

一九八九年十月五日于北京

---

[1] 本篇作于1989年10月。曾收入《光未然诗存》《光未然旧体诗百首》和《张光年文集》（第一卷）。

祝夏衍九十大寿[①]

老松近百年，
饱经风雷电。
为护花果山，
何辞铜骨断！
笔健令人惊，
脑健令人羡。
莫使千岁忧，
损此乌发灿。

一九八九年十月三十日晨

---

① 本篇作于1989年10月。曾收入《光未然诗存》《光未然旧体诗百首》和《张光年文集》（第一卷）。

❋一九九〇年❋

题赠中国少年儿童活动中心①

九十年代春复春，
少男少女更精神。
此日辛勤锻羽翼，
他年奋翅为人民。

一九九〇年一月十三日　北京

---

① 本篇作于1990年1月。曾收入《光未然诗存》《光未然旧体诗百首》和《张光年文集》（第一卷）。

悼 吴 强[①]

在烈火中成长,在红日里永生。(上联)
为人群而劳瘁,为星陨而伤魂。(下联)

[①] 本篇作于1990年4月11日,为悼念作家吴强的挽联。未曾收入自编作品集和文集。这里据手稿录入。

高谊长温肺腑间[①]
——贺老志诚执教六十周年、八十诞辰

琴音缭绕六十年，
碧桃紫李满林苑。
感君惠赐《月光曲》[②]，
高谊长温肺腑间。

一九九〇年五月二十八日　北京

---

① 本篇作于 1990 年 5 月。曾收入《光未然诗存》《光未然旧体诗百首》和《张光年文集》（第一卷）。

② 1946 年秋我与叶绿在北平结婚晚会小聚时，老先生弹奏贝多芬《月光奏鸣曲》表示祝贺。——作者原注。

答谢汕头大学①

[题记] 一九九〇年十一月七至八日，我应邀离京经广州飞抵汕头，参加九至十三日在汕头大学举行的中国文心雕龙学会第三次年会。我和各地学者五十余人，同住在倚山傍海、繁花盛开的汕大校园中，领略了南粤边陲这一新兴学府的壮丽风貌。在汕大各位负责同志的关怀厚爱下，会议开得生动活泼，会友们交流了近年有关《文心雕龙》这一古代文论巨著的研究与教学的心得。这次会上，提出文心学会今后挂靠汕头大学，得到汕大校领导的热情欢迎，会友们都很高兴。十三日晨，枕上得七律半首，早饭前足成之。次日写成横披，留赠汕大，聊表谢忱。诗曰：

  倚山傍海校园中，天外飞来意兴浓。
  玉殿琼楼传胜义，碧桃秀李沐薰风。
  会友多才皆鸣凤，文心相印共雕龙。
  颇恨华年虚度早，谁与指点万花丛？

[附记] 主持十三日文心学会闭幕式的张文勋教授告诉我：我的这首急就章，经他传播，已有几位会友抄录唱和。十二月间回京，见到云南大学张文勋同志来信，附寄他和老会友蔡厚示教授的和诗，皆依我题赠汕大诗原韵。

张文勋同志和诗曰："论艺谈诗兴味浓，山光水色画图中。神思远致凭灵感，兴会高扬借好风。乐事常思多会友，人生幸得几雕龙。文情每恨知音少，心血凝成花万丛。"

---

① 本篇作于 1990 年 11 月—1991 年 4 月。曾收入《光未然诗存》《光未然旧体诗百首》和《张光年文集》（第一卷）。

蔡厚示同志和诗曰:"士林才高识照丰,新朋旧侣又谈龙。文心兴会驱迷雾,学海优游赖好风。绿水青山随左右,通途坦道任西东。莫嗟艺圃桑榆晚,霞色犹能绚远空。"

二诗均有佳句,步原韵处皆自然贴切。张诗步"龙""丛"句甚妙。蔡诗结句似对我有所劝勉。我还要提到,我的原诗第三句原是"传精义",从厚示同志建议,改为"传胜义"。一字之师,较原句优胜。这也是应当表示谢意的。

一九九一年四月十三日追记于北京

汕头第一课[①]

[题记] 去年十一月上旬在汕大开会期间，有幸参观了汕头市和汕头特区，受到汕市和特区负责同志的盛情接待和亲切指点。时间不长，获益不少。特区同志建议题词留念。临时率题长短句四行，未免过于潦草。事后重温当时印象，补成三段小诗，作为初访汕头特区的纪念：

> 汕头第一课，
> 见闻快我心。
> 南粤特区三鼎足，
> 此处最年轻。

> 汕头风光好，
> 人杰复地灵。
> 南粤三星相辉映，
> 举头看月明。

> 汕头特区小，
> 志在高尖精。
> 海外侨资频呼唤：
> 扩地广门庭。

[附记] 汕头特区占地少（现为五十二平方公里），人口少（总人口及职工总数均为六万），注意发展高科技（我曾参观属国内第一流的超声印

---

① 本篇作于 1990 年 11 月。曾收入《光未然诗存》和《张光年文集》（第一卷）。

制版公司即其一例），从而以包袱小，效益高，显示了自己的优势。开发一片，建设一片，收益一片。产品外销，稳步前进，不大受到近年来市场疲软的影响。但特区仅占汕头市区一部分，企业密度太大，潜力远未发挥。海外潮汕华侨六百万，不少人要回乡投资。台商外商，也来纷纷叩门。不久前泰国侨报载文，建议扩大汕头特区，繁荣潮汕经济，呼声强烈，不无道理。汕头特区现属汕头市，一市二制，双方都说非长久之计。为此我在小诗结尾补写两句，传稳步开拓之心，无快马加鞭之意，且寄希望于来日吧。

一九九一年四月十三日追记

[**今按**] 几年前，中央和国务院接受各方建议，汕头特区果然"扩地广门庭"了。一九九七年记。

凤城新貌[①]（外一首）

[题记] 凤城，是顺德县的美称。这次（一九九〇年十一月下旬）重访了顺德桂洲镇、北滘镇及县委所在的大良镇，看了几处工厂及文教设施，惊奇地发现，比一九八八年重游时看到的，又发生了很大变化。顺德的各个乡镇，都变成现代化的厂房密集的工业城市，它们互相衔接，齐头并进，几乎看不出城乡差别。三十日上午告别顺德时，将新作小诗《凤城新貌》写成一幅横披，就正于县委诸同志。诗曰：

曾是蚕桑鱼米村，
化为新兴工业城。
赢得长风万里浪，
凤凰一步一飞腾。

[又记] 这次还参观了容奇镇的新兴港口容奇港。有澳大利亚造的客轮二艘，每天由顺德、香港对开六次，增强了双方的经济联系，取得很好的经济效益。一九八八年四月来看过，那时港口刚建成。当时得《容奇港》绝句一首，附志如下：

记得凤城处处花，
重游更见吐芳华。
雄桥迎客容奇港，
好鸟来仪千万家。

一九九一年四月二十日记

---

① 本篇作于 1990 年 11 月。曾收入《光未然诗存》和《张光年文集》（第一卷）。

南海飞瀑①

[题记] 一九九〇年十二月二日,南海邓文初同志邀游南海名胜西樵山,欣赏新辟的景观"玉岩飞瀑"。从山顶沿石阶走下去,山径曲折陡峭,护栏尚未装好。在邓文初、刘鲁宁同志扶持下,踏险径半小时,穿狭谷到谷底。仰观飞瀑从天降,悬空百丈水晶帘,叹为奇景。文初提议写诗并题额。再爬下一段小径,走出幽静低谷,踏上平坦大道。这对于采取多种有效措施、力求在较短时间走出低谷的南海县及邻近各地乡镇企业,可算得一个吉兆。当晚得七绝一首,就以《南海飞瀑》为题:

悬岩垂泻水晶帘,
飞瀑深藏陡峡间。
为穿险境通奇境,
可敢攀山学老猿?

一九九一年四月二十二日北京抄

---

① 本篇作于1990年12月。曾收入《光未然诗存》《光未然旧体诗百首》和《张光年文集》(第一卷)。

一九九一年

过宝安[①]（二首）

[题记] 去年十一月二十二、二十三日过访深圳市属的宝安县。这也是旧游之地。县委负责同志带我们参观西海堤劈山填海工程。海边将遍植红树林，发展滩涂养殖。朱崇山、周光明同志还带我们参观了布吉镇高科技的粤宝磁头厂和现代化的分割鸡生产线。还看了远近驰名的每年人均存款两万元的南岑村。从县委书记李容根等同志的倾谈中，得知宝安近两年变化很大，工农业又上新台阶；而在近年克服暂时困难，挣出低谷（有的企业尚在挣脱中），也经受了锻炼，费尽了心力。临别依依，题写二绝句留念：

一

特区城外筑新城，
远客重来耳目新。
宝安拾级攀高岭，
闯关夺崤锻群英。

二

搬山填海筑堤长，
挡住台风白浪狂。
此间改革开放好，
共写新篇又一章。

一九九一年四月十九日抄

---

① 本篇作于1991年4月。曾收入《光未然诗存》和《张光年文集》（第一卷）。

石湾陶艺最传神[①]

[题记] 一九九〇年十一月三十日，在佛山市文联负责同志陪同下，欣然参观石湾美术陶瓷厂。副厂长、工艺美术大师庄稼同志带领参观。走访了精品展室和几个车间，俯仰环顾，美不胜收。当时未留下诗作。事隔五个月，翻阅《陶艺放异彩——石湾美术陶瓷厂建厂三十周年》纪念画册，很感兴趣。画册中收入我于一九七八年十二月初访这家美陶厂的题词："休夸柴汝官哥定，石湾陶花日日新。"太简单了，不足以表达我对石湾贡献的赞佩热望之情。五一佳节中写成这首七律，抄在这里：

石湾陶艺最传神，多谢名师运匠心。
怒目钟馗拿厉鬼[②]，当风杜甫望愁云[③]。
霞飞冰幻欣窑变，狮啸龙吟拜火焚。
相邀均汝官哥定，共向人间献奇珍。

一九九一年五月二日记

---

① 本篇作于1991年5月。曾收入《光未然诗存》《光未然旧体诗百首》和《张光年文集》（第一卷）。
② 指刘传名作《钟馗捉鬼》。——作者原注。
③ 指庄稼名作《诗圣杜甫》。——作者原注。

丝路短歌[①]（十首）

[题记]一九九一年八月九日，随作家访问团一行十余同志，在甘肃省文联、作协同志引导下，从兰州出发，沿河西走廊——古丝绸之路的武威、张掖、酒泉等地，于十六日晚到达敦煌，十九、二十日沿原路回到兰州。时间不长，却大开眼界。同志们都说收获很大，将有所述作。我在旅途中写了几首短诗，有的是未完稿或未定稿。二十四日返京小憩三日后，将笔记本上的诗稿整理一遍，并补写四首，凑成《丝路短歌》十首，作为这次老年远征的纪念，是为记。一九九一年九月六日誊写毕。北京。

武威纪事

[小记]一九九一年八月九日上午，车过乌鞘岭、古浪峡，进入河西走廊——汉唐丝绸之路的东端。武威（凉州）是丝路东端的名城。我们在武威文庙参观了古文物陈列，其中一九六九年从雷台下出土的东汉铜奔马及排列成阵的铜兵马俑，是古文物精品，去年我曾在北京故宫文物精华展见过。还有公元一〇九四年建造的西夏碑，是研究西夏历史与文字的稀有珍品，正面的西夏文字迹清晰而识者寥寥。八月十日晨，写诗略记见闻：

> 喜过乌鞘岭，来访武威城。
> 雷台出瑰宝，西夏有奇文。
> 马踏龙雀舞，目迷兵阵行。
> 丝路倾才智，今人赛古人。

[①] 本篇作于 1991 年 8 月，发表于 1991 年《飞天》第 12 期。曾收入《光未然诗存》《光未然旧体诗百首》和《张光年文集》（第一卷）。

沙漠公园留字

[小记] 八月十日上午参观武威沙漠公园。这是武威财政系统同志们二十多年来治沙造林的惊人成果。绿林成片，瓜果满园，还辟有人工湖泊，楼阁点缀其间。会议室有纸笔，乘兴写此留念。

西凉荒漠使人愁，人进沙伏战未休。
今日饱尝甜瓜果，来年更见绿油油。

镍都留字

[小记] 八月十一日离武威抵金昌县的金川公司，这里是沙漠上的镍都，戈壁滩上的宫殿。次日参观该公司的科技馆、科技培训中心、一矿区、二矿区。这是个大型的有色金属开采与冶炼中心，主要产镍，次为铜与钴，还开发冶炼出金银及一系列稀有金属，仅铂族就有若干种。这对我国现代化建设无疑是巨大贡献。参观科技馆时，将口占四句写成横披留下，略表心意：

戈壁滩上献奇功，百炼千锤镍钴铜。
科技繁花看不足，欣随耳目壮心胸。

张掖日记

好雨淋渴土，送我到张掖。
路过山丹县，下车拜艾黎。
自称山丹人，遗泽留故居。
馆藏古文物，多为世所稀。
汉武张长掖，设郡镇河西。
隋唐丝绸路，甘州何雄奇！

随团到甘州，主客皆怡怡。
感谢裕固女，长歌沁心脾。
酒歌声声唱，远客频举杯。
高歌动层楼，不醉不易归。
明日酒泉去，余音一路随。

八月十三日

血染高台映党旗

三千壮士长眠地，想见烈火接虹霓。
铮铮西路英雄骨，血染高台映党旗。

[附记] 八月十四日上午离张掖去高台县，向烈士陵园致敬，深受感动。陈列馆留字，当时只得此诗后两句。回京后（八月二十九日）补上前两句，留作纪念。

嘉峪关头赛瓜节

[小记] 八月十四日下午抵酒泉，住酒泉钢铁厂第二招待所，当晚为酒钢题写对联一副，文曰："嘉峪关头，架起钢筋铁骨。丝绸路上，修铸现代长城。"次日上午，应邀参加酒泉市与嘉峪关市合办的赛瓜节。去年办过，今年是第二届。不少外宾参加，广场上热闹非常。下午欣然为赛瓜节题词，当时只得此诗的头两句，稍后足成之。

名瓜醉沁祁连雪，盛会长留远客心。
嘉峪关头赛瓜节，共祝钢城气象新。

望　阳　关

阳关道，
千古传。
不到阳关心不甘。
城垣遗址沙丘下，
专家遥指古董滩。
身后烽火台，
雄踞二千年，
高龄阅世久，
笑我怀古太愚憨。
条条大路通佛土，
何事长吁短叹吊阳关！

返京小憩后八月三十日上午补写

敦煌鸣沙山

莫嫌沙粒小，聚沙可成山。
莫笑沙不语，长啸如雷喧。
沙峦八十里，护此月牙泉。
涉沙腿脚软，小坐叹奇观。

八月三十日上午

访敦煌莫高窟

汉唐丝路交流忙，孕成宝库何煌煌！
东西文化相冲撞，千年才智流辉光。

我今拜谒莫高窟，群仙飞舞散天香。
敦煌学者多厚爱，愿为远客开秘藏。
从朝到暮看未了，耳贪目馋兴味长。
郭老临终说憾事，我今何由代补偿？
经窟遗书流海外，丝路花雨播远洋。
一代新人多努力，承前启后更高翔！

八月三十一日上午写

闻道河西雨

闻道河西雨，甘霖润我心。
连年苦旱地，大漠灼人睛。
人群齐奋斗，翘首盼到今。
砂砾亦张口，红柳乐雨淋。
美哉骆驼草，饱饮直到根！
好雨解人意，适可便停停。
莫学江南雨，经旬更倾盆。
好雨解人意，力挽好名声！

八月二十八日晨于北京

❈一九九二年❈

周至县仙游寺诗联[①]

携酒寻诗,前贤雅集仙游寺。
感时忧国,千古流传长恨歌。

一九九二年三月　北京

[附记]仙游寺是唐代元稹、白居易等常游之地。白居易曾在此撰写《长恨歌》。

[①] 本篇作于1992年3月。曾收入《光未然诗存》和《张光年文集》(第一卷)。

为于伶祝寿词①

文坛巨匠，师友于伶。
相处日浅，心仪日深。
风云变幻，艺海升沉。
笔耕不倦，字字艰辛。
挥泪得句，运笔如神。
感时忆旧，叹惜不胜！
海上雅聚，共祝高龄。
载歌载祷，文运日新。

一九九二年六月十八日　上海

---

① 本篇作于1992年6月，发表于1992年6月25日《解放日报》副刊《朝花》。曾收入《光未然诗存》和《张光年文集》（第一卷）。

怀念柯仲平[①]
——为云南广南县柯仲平纪念馆写诗联

壮怀弹唱英雄史,
诗苑高标革命花。

[附记] 柯老晚年在西安时,常带三弦琴到工厂弹唱自己的革命史诗。

一九九二年十月三十日　北京

[①] 本篇作于1992年10月。曾收入《光未然诗存》和《张光年文集》(第一卷)。

❋一九九四年❋

八十一岁生日，小诗自遣[①]

一

年方九九何须愁？红叶黄花好个秋！
邀笔同行跨世纪，遥闻百岁报丰收。

二

穿风蹈浪采词章，留与知音评短长。
笑问天崩地裂日，几行侥幸外星藏？

三

何尝生不逢良辰？一代风云百代惊！
中年遗憾晚年补，捧出新编谢后人。

一九九四年十一月初　北京

[①] 本篇作于1994年11月。曾收入《光未然诗存》《光未然旧体诗百首》和《张光年文集》（第一卷）。

❋一九九五年❋

杭州小诗（五首）[①]

莫 干 山

山道盘旋多急弯，
腾身竹海绿云端。
为访莫邪磨剑处，
何辞百丈下危岩。

含 笑

梅林花事过，
杜鹃夸锦裳。
含笑笑不语，
风来试比香。

品 茶

引得甘泉水，
冲此龙井芽。
有茶无佳句，

[①] 本篇作于1995年5月，曾收入《光未然诗存》《光未然旧体诗百首》和《张光年文集》（第一卷）。

愁煞老诗家。

双　　虹

湖山多诗意，
苏堤唤白堤。
双虹贯天宇，
倒影更神奇。

香　火　旺

灵隐香火旺，
佛门排队长。
千人千种愿，
菩萨记不详。

一九九五年五月　杭州

二〇〇〇年

哭文华弟[①]

文华[②]早年，
风采翩翩。
勤学勤业，
前景灿然。
忽遭诬陷，
判刑十年。
继以文革，
苦海无边。
幸逢改革，
解此倒悬。
青年冤狱，
老年平反。
故乡召唤，
河水开颜。
党政照顾，
友好支援。
江汉之水，
先苦后甜。
呜呼文华！
魂走云端。

[①] 本篇作于2000年3月。收入《张光年文集》（第一卷）。
[②] 文华，即作者胞弟张文华。

惊闻噩耗，
老泪涟涟。
呜呼文华！
一去不还。
云端痛饮，
醉倒广寒！

　　　　　　　　二〇〇〇年三月七日晨

诗歌体译述

❀一九四二年❀

兵　士[①]（歌词）

最难忘消逝了我的伙伴们的脸
那脸儿静静躺在兵营广场里，

呵——
最难忘炮火的滋味，
震昏了头脑没有一丝儿生趣，
呵，没有一丝儿生趣。

我——
今天，从光荣的微笑里，
吐出热情字句，
但是，我不忘记，
我的伙伴，永远地逝去！

[①] 本篇发表于1942年《新音乐月刊》（昆明）第5卷第2期。原文署名：吐铁尔白列依曲，光未然、赵沨译。未曾收入自编作品集和文集。

自由的节日[①]（歌词）
——自罗曼·罗兰的诗篇《七月十四》

自由啊自由，
高贵的爱，
在今天来到了。
夺取了巴士的狱，
我们为胜利而高歌！
tra la la la,
tra la la la la la,

我们会为你流尽鲜血！
自由啊自由！
恶魔进攻你，
我们的胸膛将是你的城墙！
反动的暴君狼狈仓皇！
tra la la la
tra la la la la la

[①] 本篇发表于1942年《新音乐月刊》（昆明）第5卷第2期。原文署名：拉查鲁士曲，赵沨、光未然译。未曾收入自编作品集和文集。

我不愿流浪[①]（歌词）

为什么我要流浪，
同流浪者一起？
他们并不关怀我，
我却要和家分离；
他们讲出了
千百个山水的故事，
但为什么要
搜寻那异乡的美丽？
当家中有无限乐趣：

相信它十分美丽，
有繁茂的花枝，
带着朝阳的花枝，
葡萄酒十分珍奇；
但这儿我家里，
有最美的葡萄，
并还有我那
亲爱的人管理，
看我多么惬意！

我不愿流浪寻欢，

[①] 本篇发表于1942年《新音乐月刊》（昆明）第5卷第3期。原文署名：克利斯坦诗，叔曼曲，光未然、赵沨译。未曾收入自编作品集和文集。

到遥远的天边。
清澈光辉的蓝天，
是她蔚蓝的双眼。
赛过春光的绮丽，
是她会心的笑脸。
你给我无限乐趣，
我决不舍近求远！
我决不舍近求远！

❋一九四四年❋

阿细人的歌[①]

第 一 部

序　诗

亲爱的小姑娘也！
来跟我们玩吧！
来跟我们唱吧！
亲爱的小姑娘也，
快些来说吧，
快些来唱吧！

亲爱的哥哥也！
我的母亲生下我，
不会唱也不会说。
亲爱的哥哥也！
你是会唱的，
你是会说的，

[①] 本篇是云南彝族民间流传的一首长篇叙事诗，作者在云南路南县的中学工作时，记录、整理并翻译了这首诗。1944年以《阿细的先鸡》为名在昆明北门出版社出版。1953年人民文学出版社再版时改书名为《阿细人的歌》。曾收入《张光年文集》（第一卷）。

你多多地
唱给我们听听吧!

亲爱的小姑娘也!
我来到这个世界上,
父亲挑的水,
我也曾喝够过;
母亲做的饭,
我也曾吃够过;
但是跟你们这些小姑娘,
就没有玩够,
就没有唱够过。
可是今天遇到你,
使我很难过;
因为我不是
你心上爱的人,
不是你心上想的人,
所以你不愿和我唱,
不愿和我说。
你可听到过?
公鸡十二双,
放在园子里,
六双掏虫吃,
六双不掏虫——
不掏虫的那六双,
它的心上,
挂着家里的食粮。
大羊十二双,
放在山坡上,
六双吃树叶,

六双不肯吃——
不吃树叶的那六双,
它的心上,
挂着家里的盐巴。
黄牛十二双,
放在高山上,
六双吃青草,
六双不吃草——
不吃草的那六双,
它的心上,
挂着家里的粗糠。
就像人家常说的:
野花椒是麻的,
家花椒是香的;
你的心上,
想到你们寨子里的好男人,
我不是你心上想的人,
不是你心上爱的人,
所以你不愿跟我说,
不愿跟我唱;
不然的话,
你就赶快说,
你就赶快唱吧!

亲爱的哥哥也!
你为什么这样说?
你是会唱的,
你是会说的,
你说得这样好,
你唱得这样妙。

你的调子，
又多又好，
我早就知道了。
所以我要跟你唱，
我要跟你学。
亲爱的哥哥也！
你会唱又会说，
你多多地
唱给我们听听吧！

可怜的母亲，
生下我这个伤心人！
我要忘掉我的伤心事，
所以到处玩，
所以到处唱；
我要忘掉我的伤心事，
所以喜欢说，
所以喜欢唱；
倘若我不是伤心人，
我又何必说？
我又何必唱？
倘若我不是伤心人，
我还有什么说？
我还有什么唱？

亲爱的哥哥也！
你为什么这样说？
难道怕我学了去？
你的调子这样多！
亲爱的哥哥也，

你在前面唱，
我在后面学，
倘若我说的你不懂，
我就告诉你；
倘若你说的我不懂，
你就告诉我。
亲爱的哥哥也，
你说好吗？

天上的星星那样多，
我的调子和星星一样多；
地上的青草那样多，
我的调子和青草一样多；
树上的叶子那样多，
我的调子和树叶一样多；
山上的牛羊那样多，
我的调子和牛羊一样多！
所以我这个人也，
天上的东西我都知道了，
地上的东西我都知道了。
所以我这个人也，
什么都能说，
什么都会说。
小姑娘也，
来跟我玩吧，
来跟我说吧！
倘若我说的你不懂，
来问我吧，
小姑娘也！

亲爱的哥哥也！
你像这样说，
我才跟你讲：
千年的古松年纪老，
永远住在山顶上；
年轻的树枝心不甘，
向着东西南北四边长。
我这个年轻的女人也，
闲来也曾走四方；
可是从来没有遇到一位哥哥也，
像你这样亲亲热热地对我讲！
聪明的哥哥也！
我要跟你学，
我要跟你唱。
亲爱的哥哥也，
你说好吗？

创 世 记

亲爱的小姑娘也！
没有天和地，
哪会有人类？
你可知道：
天是谁造的？
地是谁造的？
亲爱的小姑娘也，
别的我们先不说，
先说说天地的来历：
空中有个阿颠神，
他在子年造了天。
他在空中栽了一棵树，

树儿高大叶儿蓝,
这树长得非常快,
它的枝叶伸向无限远;
可是它还拼命地长,
一直长到现在的天空这样宽。
阿颠这个神,
吹了一口气,
把它送到高空去:
从此我们有了这个蓝色的天。
你说对不对?
你说合不合?
说得不合的话,
你告诉我吧!
亲爱的小姑娘也,
你说好吗?

亲爱的哥哥也,
你说得完全合,
你说得完全对。
现在我就接着说,
地是怎样造成的:
空中有个阿志神,
他在丑年造了地。
他在空中栽了一棵树,
树儿粗壮叶儿黄,
这树长得非常快,
它的枝叶伸向无限广。
阿志这个神,
像树一般壮,
他就坐在这棵大树上,

使它枝叶不能向上长。
阿志这个神，
像树一般肥，
压得这树向下垂，
一直垂到底：
从此我们有了这个黄色的地。
亲爱的哥哥也，
你说合不合？
你说对不对？
说得不对的话，
你告诉我吧！
亲爱的哥哥也，
你说好吗？

亲爱的小姑娘也，
我们已经说过了
天地的来历，
可是还没有说到
天上的日月星和
地上的山石草木，
到底是哪个造成的。
亲爱的小姑娘也，
听我先说天上的东西：
天上的太阳，
是哥自神造的；
月亮是德帕神造的；
星星是阿继神造的。
你说对不对？
你说合不合？
不合的话，

你就告诉我!
合了的话,
你就说地上的东西。
亲爱的小姑娘也,
你说是吗?

亲爱的哥哥也,
蚂蚁是造山的——
你看蚂蚁的洞口,
堆积着很高的土粒;
野鼠是造石头的——
你看现在的野鼠,
一直住在石洞里;
鹦鹉是栽草的——
所以草的颜色,
和鹦鹉的颜色一样绿;
乌鸦是栽树的——
所以乌鸦住在树林里,
乌鸦的巢,
也是用树枝筑成的。
在我们地方,
传说是这样;
你们的说法,
可也是一样?

亲爱的小姑娘也,
你说得完全合,
你说得完全对。
现在还该说一说,
牛羊五谷的来历。

亲爱的小姑娘也,
你说牛羊是谁造的?
五谷的种子,
是谁播散到地上的?
亲爱的姐姐也,
你说好吗?

亲爱的哥哥也,
别人的传说,
我听到的是这样:
是天上的托罗神和沙罗神,
造好了地上的牛羊;
是天上的阿发神,
从天门里,
把五谷的种子,
播散到地上。
亲爱的哥哥也!
你们地方的传说,
可也是这样?

跟我唱歌的小姑娘也,
你真说得妙,
你真说得好,
说得完全对,
说得完全合。
跟我唱歌的小伙伴也,
现在你该说一说,
人是怎样造成的?
你说在什么时候,
用什么方法造了人?

造人的天神又是谁?
跟我唱歌的小姑娘也,
告诉我吧!

跟我唱歌的哥哥也,
你的这些话,
都是该说的,
要我说到人,
也是该当的。
亲爱的哥哥也!
别人的传说我听到,
我又说来给你听:
天上的托罗神和沙罗神,
他俩在寅年造了人。
他俩走到地面一个山脚下,
在那山脚里,
一处是黄土,
一处是黑炭,
一处是白泥。
托罗神和沙罗神,
先拿黄土
造成人身子,
再用黑炭和白泥
造成人眼睛。
托罗神和沙罗神,
这样造男人;
造好了男人,
又来造女人。
托罗神和沙罗神,
从男人身上

抽出一根肋巴骨，
加在女人的肋骨上，
这样造女人。
现在男女已经造好了，
可是不会动；
放在太阳底下，
晒了七天整，
人们就会动了。
可是不会呼吸；
托罗神和沙罗神，
在他们嘴里
吹了一口气，
人们就会呼吸了。
可是不会出声；
托罗神和沙罗神，
对着他们大声叫，
他们学着叫，
人们叫出声音了。
可是不会说话；
托罗神和沙罗神，
对着他们说，
他们跟着学，
人们学会说话了。
可是不会唱；
托罗神和沙罗神，
对着他们唱，
他们跟着唱，
人们学会唱调子了。
跟我唱歌的哥哥也，
别人的传说我听到，

我又说来给你听。
亲爱的哥哥也,
现在你该接着唱下去,
人们怎样学会开荒和农耕。
跟我唱歌的哥哥也,
你说好吗?

开 荒 记

跟我唱歌的小姑娘也!
我听到别人说:
世上最初的那两人,
虽然已经学会了
说话和唱歌,
可是还不知道
怎样到地里去工作。
他们穿的是树皮树叶,
吃的是树果。
那时天上的阿发神,
已经将五谷的种子,
从天门里,
播散到地上了,
可是人们还不会栽种;
后来看到蜜蜂
嗡嗡地
到花间采蜜,
到蜂房做蜜,
人们也就到山坡上,
开垦了荒地,
把五谷的种子
种下去。

人们收获了五谷，
可是还不知道
怎样把它弄熟；
是天上的些尼神，
把天上的火种，
传到人间，
人们才知道，
用火煮饭，
用火取暖；
在黑夜
点起火把来，
可以赶走
毒蛇和猛兽；
用火光
照见人们的路。
跟我唱歌的小姑娘也，
你说对不对？
你说合不合？
不合的话，
你就告诉我！

跟我唱歌的哥哥也，
你说得完全对，
你说得完全合。
可是你还没有说到：
人们怎样生儿养女？
怎样在地上过生活？
跟我唱歌的哥哥也，
告诉我吧！

跟我唱歌的小姑娘也!
别人的传说我听到,
我又说来给你听:
说是最初造成的那两人,
就在造他们身子的
山脚下面成了亲。
他俩在那里,
生了五个儿子和
五个女儿。
儿女慢慢长大了,
照理该成亲;
可是那时天地间,
没有别的人,
他们就问天上的
托罗神和沙罗神:
我们长大了,
我们要成亲;
可是现在天地间,
没有别的人,
我们兄弟姐妹们,
能不能配亲?
托罗神和沙罗神说:
你们配亲吧!
四个大儿子和
四个大女儿,
从此配成亲。
他们成亲后,
便到山上去开荒。
第五个儿子和
第五个女儿,

因为年纪小，
不能去开荒，
所以整天都到
四处山上去游荡。
有一天，他俩
走到一个大山上——
哥自神造的太阳，
每天早晨
从这山后走出来，
用他的光明照四方。
他俩看见这山上，
有大堆的金颗和银颗，
太阳照在上面，
放射出金光和银光。
他俩看着很好玩，
便要拾起带回家。
这时天神出现了，
告诉他俩：
每人只许拾
三颗金颗和
三颗银颗，
如果多拾了，
便要受责罚。
他俩听了天神的话，
每人只拾了
三颗金颗和
三颗银颗，
转身便回家。
回到家里，
哥哥嫂嫂们

看见他俩
拾得了金颗和银颗,
他们很吃惊,
他们争着问:
是在什么地方
拾得了金颗和银颗?
他俩照直说:
是在
哥自神造的太阳
每天出来的山上
拾得的。
哥哥嫂嫂们,
听得这样说,
也就爬上那个
哥自神造的太阳
每天出来的山上,
去拾金颗和银颗。
可是他们
拾得太多了!
激怒了天神,
招来了灾祸:
在那个大山上,
有一个很高的山峰;
在那个很高的山峰上,
有一棵很大的树;
天神教一个很大的黄鸟,
站在这棵大树上;
这鸟的翅膀非常大,
翅膀一张开,
可以遮住太阳光。

天神为了
责罚地上的贪心人，
便教大黄鸟，
张开大翅膀，
遮住了天上的太阳，
让地面上，
变成一片
黑暗和凄凉；
让地上的贪心人，
看不到金颗和银颗，
他们就不能多拾了。
但是，
太阳光太热了，
把黄鸟晒死了，
黄鸟不能再飞起了，
地面上便永远
是一片黑暗了！
这贪心的
哥哥嫂嫂们，
一面咒骂着，
一面爬着摸索着，
回到家中。
可是，
天空是这样黑暗：
分不出冬天和夏天，
分不出白天和夜晚。
他们只有天天
在家里睡着；
家里的粮食
快要吃完了，

他们该当去耕地；
可是地面这样黑，
什么也看不见，
只好等着蜜蜂
嗡嗡地
出去采蜜的时候，
他们也就
吆喝着牛马，
带着农具，
到山上开荒去；
直到蜜蜂
嗡嗡地
飞回蜂房的时候，
他们也赶着牛马，
带着农具，
回家去休息。
据说那时的人们，
就是这样开荒的。
跟我唱歌的小妹妹也，
你说对吗？
如果不对，
你就告诉我；
如果对了，
你就要说
是谁怎样
把黄鸟去掉，
让太阳的光，
重新照在大地上。
跟我唱歌的小姑娘也，
你说是吗？

跟我唱歌的哥哥也,
你说的话,
一点也不错。
别人的传说我听到:
哥自神造的太阳,
心肠实在好:
他的光那样强,
黄鸟被他晒死了;
他的光那样热,
黄鸟的尸身腐烂了;
黄鸟的尸身变成山,
黄鸟的翅膀,
一片一片地
落在地面,
变成地上的泥土了。
哥自神造的太阳,
心肠实在好:
是他替人们
把黄鸟去掉,
他的光明
又能照到人间了①。
跟我唱歌的哥哥也,
别人的传说我听到,
你说合不合?
合了的话,

---

① 这一段原诗的大意是:天神让绿头苍蝇飞到黄鸟的身上,下子(产卵)在黄鸟身上,苍蝇的子(卵)变成无数的蛆虫,吃完了黄鸟的尸身,于是太阳光重新照到人间来云云。兹征得毕荣亮君同意,修改如上。这是修改了本诗原意的唯一的地方。——作者原注。

你就把洪水的故事，
接着告诉我！
亲爱的哥哥也，
你说好吗？

洪 水 记

跟我唱歌的小姑娘也！
洪水的故事我听到，
我又说来给你听：
说是世上最初的那两人，
就在造他们身子的
山脚下面成了亲。
他俩在那里，
生了五个儿子和
五个女儿，
大的四个儿子和
四个女儿，
已经配成亲；
第五个儿子和
第五个女儿，
年纪还太轻。
哥哥嫂嫂力气大，
每天吆喝着牛马，
背着锄头，
带着干粮，
到山上去开荒。
他们穿过了一架荒山，
发现了一片荒原，
立刻挥动着锄头，
大家拼命地干。

太阳照在他们的头上，
照在他们的背上，
他们满头满身，
不停地
流着汗水，
他们还是不停地
挖着挖着，
就像要从泥土里，
挖出什么
金银和宝贝；
就这样
一直工作到黄昏，
方才回家去休息。
但是
他们所开的荒地，
是天神不许开垦的地方；
所以等到他们每天回家后，
天神就把他们开好的地方，
盖上草木和石头，
又恢复了原样。
他们开了两天，
喘气又流汗，
可是明天跑去看，
还是荒凉的一片！
到了第三天晚上，
他们全家人，
留在那开荒的地方，
偷偷地等着看——
看谁敢把他们
开好的荒地复了原。

他们忙了一天，
身体很疲倦；
他们等了半夜，
什么也看不见；
他们就爬在土堆上
呼呼地睡着了。
醒来的时候，
看见一钩月亮，
挂在天心，
银白的月光，
照在大地上：
一个戴着金银帽子的老人，
一个银白胡须的老人，
正在用他的拐杖，
翻弄他们开好的土壤。
哥哥嫂嫂们看到了，
一齐大声嚷：
——抓住，打！
——抓住，打！
老人被他们抓住了，
他们动手就要打。
第五个儿子和
第五个女儿看到了，
知道是天神，
马上告诉哥哥嫂嫂们：
说这不是别的人，
这就是天神！
他俩哭着叫着说：
——你们放了他吧！
——你们饶了他吧！

哥哥嫂嫂们,
听了他俩的话,
就把天神放下了。
天神临走的时候,
告诉他们说:
你们当心吧,
你们快回去;
不久以后,
天帝要发洪水了,
你们各自快准备
躲避洪水的用具。
他们听了天神的话,
赶快跑回去:
大儿子,
做了一个金柜子;
二儿子,
做了一个银柜子;
三儿子,
做了一个铜柜子;
四儿子,
做了一个铁柜子;
五儿子,
置不起这些东西,
他只好跑到
哥自神造的太阳
每天出来的山上,
求天神替他出主意。
他说:
大哥做了金柜子;
二哥做了银柜子;

三哥做了铜柜子；
四哥做了铁柜子；
这些东西，
我都置不起；
洪水要来了，
我怎么办呢？
天神说：
我的好孩子，
你不要着急！
金银铜铁的柜子，
你都置不起，
你就随便置一个
木头柜子吧！
第五个儿子，
听了天神的话，
就做了一个木头柜子。
柜子造好了，
大雨就来了！
天空一天天暗起来了；
大雨一天天漫起来了；
洪水一天天泛起来了；
人们一天天乱起来了！
风吼着，
雷响着，
山崩地裂的声音，
鸟哭兽号的声音，
推着洪水高涨着！
大儿子，大女儿，
躲到金柜子里；
二儿子，二女儿，

躲到银柜子里；
三儿子，三女儿，
躲到铜柜子里；
四儿子，四女儿，
躲到铁柜子里；
但是，
贵重的金银，
救不了他们的性命，
金银铜铁的柜子，
一直向下沉——
一直沉到水底里了！
只有第五个儿子和
第五个女儿，
带着他们的干粮，
坐在木头柜子里，
让狂风卷着波浪，
把他们漂到远处去。
天空一天天黑起来了；
大雨一天天密起来了；
风声一天天响起来了；
洪水一天天涨起来了！
地面上的水，
越涨越凶，
从高山顶上，
漫到天空；
碰到了天底，
——工！工！工！
碰了三次，
天帝就知道，
水已经漫到天底了！

再涨上去,
天底就要被挤破了!
他马上叫许多天神,
穿上金甲和银甲,
带着金箭和银箭,
张开金弓和银弓,
从天上射到地面。
地面射穿了,
射成了石洞;
地面上的水,
落进石洞中,
一天落三分,
十天落三寸,
一天一天落下去,
已经落到山顶了:
山顶上一棵老松树
刚从水里抬起身;
第五个儿子和
第五个女儿对它说:
受你这棵松树的恩,
挡住我们的柜子吧!
只要你扶我们一把,
将来逢年遇节,
把你当做年神和月神,
不忘你的恩!
松树果然伸出手来,
把木头柜子挡住了。
几天以后,
水落到山腰:
山腰上一棵小梨树,

抬起头来向上瞧；
第五个儿子和
第五个女儿对它说：
受你这棵梨树的恩，
挡住我们的柜子吧！
只要你扶我们一把，
将来逢年遇节，
也把你当做年神和月神，
不忘你的恩！
梨树果然伸出手来，
把木头柜子挡住了。
一天又一天，
水又落下去，
落到山脚的石洞边：
洞口有一棵很大的竹节草，
刚从水里张开眼；
第五个儿子和
第五个女儿对它说：
受你这棵竹节草的恩，
挡住我们的柜子吧！
只要你扶我们一把，
救了我们的命，
将来我们就把你
认做亲生父母，
永远不忘恩①！
这棵竹节草，真的，

---

① 松树、梨树和竹节草（阿细人称为藕巴草）的传说，或许是彝族古代图腾崇拜的遗留。现在彝族村中所供的"神主"牌位，多以松、梨木制成，或以竹筒制作，中贮竹节草，以示纪念之意。——作者原注。

用尽了全身的力气,
挡住了他们的柜子,
没有让它落到洞里去。
第五个儿子和
第五个女儿,
就打开了木柜子,
走出了木柜子,
他们看见
山脚的下面,
包围着一丛一丛的刺竹①,
填塞着一层一层的岩石。
他们鼓足了勇气,
一步一步地,
拨开了竹林,
跳过了岩石,
又从荆棘树丛的包围中
冲出去!
荆棘刺破了他们的手;
树枝碰伤了他们的头;
他们不顾一切的痛苦,
终于冲出了一条生路。
这时候,
他们才看见:
大地已经复原了;
大水已经退完了;
太阳又照到人间了!
他们有说有笑,

---

① 阿细人的神堂多建于村后陡岩间,岩下满种刺竹,以纪念其祖先蒙难之处。——作者原注。

男的砍树，
女的割草，
高高兴兴地，
把房子盖好了。
第二天，
各人带着各人的干粮，
各人走到各人的地方，
各人去配各人的婚；
因为他们在木柜里①，
不知不觉已经长成人。
可是这时候，
世界已经变了，
人已经死完了，
世界虽然大，
没有别的人；
他们走遍了东西南北，
婚姻一直配不成。
他们只好走回来，
告诉天神说：
我们长大了，
我们要配婚，
可是现在世界上，
没有别的人，
我们兄妹俩，
能不能成亲？
天神说：
既然是这样，
试试你们的命运吧——

---

① 另一个传说，是说他们所坐的是圆形木桶，而非木柜，似乎更为近情理些。

现在你们俩,
男的带着筛子,
女的带着簸箕,
带到高山上,
让它一直向下滚;
要是簸箕滚在筛子下面,
筛子滚在簸箕里,
这是好兆头,
你俩就成亲吧!
他俩按照天神的话,
走到高山上,
让筛子簸箕,
一直向着山下滚。
滚到山脚下,果然
簸箕抱住了筛子,
筛子抱住了簸箕,
正像天神所说的样子。
这是好兆头,
所以他俩就成亲了。
他俩成亲后,
过些时候,
女人怀了孕;
又过些时候,
生下了;
可是生的不是人,
是一个大南瓜!
女人生下大南瓜,
自然很害怕,
把它放在床底下,
舍不得丢开它。

过了一天，
女人听见
床底下的南瓜里，
有人在说话。
她就告诉丈夫说：
你看可怕不可怕？
我生下了一个大南瓜！
我把它放在床底下，
不敢丢掉它；
可是现在南瓜里，
有人在说话了！
你说怎么办呢？
丈夫听了这话，
就把南瓜
从床底下拿出来，
放在门槛上，
用斧子把它剖开。
哪知刚剖开，
就有许多人，
从南瓜里面跳出来：
有的是汉人；
有的是苗人；
有的是阿细。
汉人带着锄头和扁担，
向平原走去；
苗人光着手，
向草原走去；
我们阿细人，
带着镰刀和锄头，
跑到山上来。

跟我唱歌的小姑娘也！
别人的传说我听到，
我又说来给你听。
你说对不对？
你说合不合？
不合的话，
你该指出我的错。
跟我唱歌的小姑娘也！
别人的传说我听到，
我又说来给你听；
天上地下已经说完了，
现在该来
说说我俩的心。
亲爱的小姑娘也，
你能吗？

第 二 部

谈 情 记

跟我唱歌的哥哥也！
你真是一个聪明人。
你要和我说
我们现在的事情，
你就说吧：
大路十二条，
小路十二条①；
你走哪一条，

---

① 大路指结婚，小路指短时间的对唱和玩耍。——作者原注。

我也跟你走向哪一条；
你爱说什么，
我也跟你说什么。
跟我唱歌的哥哥也，
你说吧！

跟我唱歌的小姑娘也！
你说得十分妙，
你说得十分好；
既然你愿跟我走上一条路，
那么我就带你走上大路了。
跟我唱歌的小姑娘也，
你能吗？

跟我唱歌的哥哥也！
你要走大路，
我就跟你走；
大路一展平，
小路碍脚又碍手。
跟我唱歌的哥哥也，
你就带我走大路吧！

跟我唱歌的小姑娘也！
你真是一个聪明人。
那么我问你：
你来的时候，
在你的房门口，
站着两个兵①，

---

① 指门神。——作者原注。

他们拦住你,
不许你走出门,
他们的样子,
又凶又怪;
你怎么能够
从他们中间走出来?
跟我唱歌的小姑娘也,
告诉我吧!

跟我唱歌的哥哥也!
在我的房门口,
站着两个兵,
他们样子恶狠狠的,
拦住我的门;
可是我为了要跟你唱调子,
一定要走出来,
我就用尽力量,
把他们推开,
从他们中间钻出来。
跟我唱歌的哥哥也,
你说对吗?

跟我唱歌的小姑娘也!
你推开了守门的兵,
从他们中间钻出来;
可是走到大路上,
一个又丑又怪的大青蛙①,
正在路上等着你,

---

① 指牛屎。——作者原注。

它瞪着眼睛，
不许你走过去；
是你让了它的路？
还是它让了你的路？
跟我唱歌的小姑娘也，
告诉我吧！

跟我唱歌的哥哥也！
路上的大青蛙，
又丑又古怪，
它拦住我的路，
不让我走过来；
可是我为了要跟你唱调子，
一定要走过来，
我就让开了它的路，
从路的一边跳过来。
跟我唱歌的哥哥也，
你说对吗？

跟我唱歌的小姑娘也！
你让开那个大青蛙，
从路的一边跳过来；
可是一路上，
有老虎豹子的小儿，
在那儿睡着；
有老虎豹子的声音①，
在那儿叫着。

---

① 老虎豹子的小儿，指路边的树影；老虎豹子的声音，指风扫树叶所发出的声音。——作者原注。

就算你胆子大，
你不怕吗？
是你让开了它们的路？
还是它们让开了你的路？
跟我唱歌的小姑娘也，
告诉我吧！

跟我唱歌的哥哥也！
我看见：
老虎豹子的小儿，
在路上睡着；
我听见：
老虎豹子的声音，
在路边大叫着。
我的胆子不算大，
我觉得很害怕；
可是为了要跟你唱调子，
我也就不管了。
它们没有让开我的路，
我也没有让开它们的路，
我也就过来了。
跟我唱歌的哥哥也，
你说对吗？

跟我唱歌的小姑娘也！
你真是一个聪明人。
你说得这样好，
你说得这样妙！
可是我生得这样笨，
赶不上你聪明，

你能不嫌我笨,
愿意和我成亲吗?
亲爱的小姑娘也,
告诉我吧!

跟我唱歌的哥哥也!
你为什么这样说?
我的父亲和母亲,
常常告诉我:
说我生得太笨了,
没有男人肯要我。
亲爱的哥哥也!
如果你不嫌我笨,
我就愿意
和你配成婚。
亲爱的哥哥也,
你说是吗?

跟我唱歌的小姑娘也!
既然你不嫌我笨,
你就要告诉我:
我们怎样办,
才能配成婚?
亲爱的小姑娘也,
你能吗?

跟我唱歌的哥哥也!
在不是人造的大城里,
住着一位官老爷;
会说又会唱,

坐在城中心。
在那城头上,
站着两个兵,
整天四处望,
一心望着配婚的人。
在城的两边,
又坐着两个兵,
整天四处听,
听那配婚的
唱歌说话的声音。
要是城上的兵,
看见配婚的来了,
城旁边的兵,
听见配婚的来了,
这时候,
城里的官老爷,
就叫住前面来的人,
问他是不是想成亲;
审问前面来的人,
看他是不是诚心要配婚:
凡是诚心配婚的,
婚姻自然配得成①。
跟我唱歌的哥哥也,
你说是吗?

---

① 不是人造的大城,指嘴;官老爷,指舌头;城头的兵,指眼睛;城边的兵,指耳朵。这些是这部民歌中最生动最有趣的暗喻法,在别处是很少见的。这一长段的意思,是说结婚用不到什么仪式,只要男女对面,唱唱说说,唱得投机,两心相许,便可如愿以偿了。——作者原注。

跟我唱歌的小姑娘也！
你说得完全对，
你说得完全合。
不过啊，
我是穷人家的儿子，
你敢和我成亲吗？
在我们家里，
吃了早饭，
就没有晚饭了；
吃了晚饭，
就没有早饭了。
我们的家这样穷，
你不怕吗？
亲爱的小姑娘也，
你的心上怎样想的？
告诉我吧！

跟我唱歌的哥哥也！
你怎么这样说？
我们生在穷人家，
你我都是一样的人。
我只爱你心肠好，
不管你富或贫。
就说你家是穷的，
那也不要紧；
只要我们成家后，
辛辛苦苦地做，
无休无歇地做，
希望收成好，
一家大小自然能过活。

亲爱的哥哥也,
你说是吗?

跟我唱歌的小姑娘也!
你真是世上的好心人,
所以你才会这样想,
所以你才会这样说。
你真是世上的聪明人,
所以你什么都想得到,
所以你什么都会说。
我是个傻男人,
一来喜欢你心肠好,
二来喜欢你聪明,
所以我一心一意地
要和你配成亲。
可是我的好姑娘也,
你可别说些
嘴甜心苦的话,
教我太伤心;
你的心里怎样想的?
老实告诉我吧!
亲爱的小姑娘也,
你能吗?

跟我唱歌的哥哥也!
我叫你拿刀来,
剖开我的心,
我的心上写的是:
一心一意和你配成亲。
可是我的哥哥也!

春风一吹，
百花齐放，
红红绿绿，
各色各样。
多么美丽！
多么可爱！
好花人人爱，
不好的花，
谁也不愿采。
跟我唱歌的哥哥也！
我虽是一朵花，
可是生得怪，
无香又无色，
不会逗人爱。
我怕你嫌我生得丑，
不肯和我配成婚，
只要你不嫌弃我，
我就一心一意地
做你家里人。
亲爱的哥哥也，
你说是吗？

跟我唱歌的小姑娘也！
你既是一心一意地
要做我家里人，
那么我要告诉你：
在我们村子里，
有很多大瓦房，
门前还有大稻场，
但是那些瓦房里，

住的都是有钱人；
我是穷人家的儿子，
住不起瓦房。
我家住在大树下，
大树便是我们的家：
树身是我们的柱子，
树枝是我们的椽子，
树叶算是我们的瓦；
风是我们的扫帚，
星星是我们的灯，
太阳是我们的火，
泉水算是我们的茶。
在我们家里，
这样过日子，
你要做我家里人，
你不怕吗？
亲爱的小姑娘也，
告诉我吧！

跟我唱歌的哥哥也！
你怎么说出这样的话？
我们家里，
也是穷人家：
穷人知道穷人的苦，
穷人爱听穷人的话。
亲爱的哥哥也！
只要你对我说声走，
我就跟你走；
只要你是真心爱我的，
我俩现在就成家。

但是你要好好想一想,
不要做了糊涂事,
不要等到成家后,
又对我说些
不好听的话。
亲爱的哥哥也!
你想想吧!

跟我唱歌的小姑娘也!
我已经想好了,
我已经想定了。
你既是一心一意跟我走,
我俩现在就成家。
但是你的父亲母亲呢,
恐怕不会让你嫁我吧?
到了那时候,
你说怎么办?
亲爱的小姑娘也,
告诉我吧!

亲爱的哥哥也!
你怎么说出这样的话?
我的父亲和母亲,
天天对我说:
你这个懒东西,
又丑又笨,
所以到现在,
嫁不着好男人。
我的父亲和母亲,
常常这样说,

我听了很难过!
要是我和你成了家,
他们听见了,
一定很快乐。
可是你的父亲和母亲,
要是知道我——
又懒又丑又笨,
一定不会让你
和我配成婚;
到了那时候,
你又怎么办?
跟我唱歌的哥哥也,
告诉我吧!

跟我唱歌的小姑娘也!
我的父亲和母亲,
常常在我的耳边说:
我的儿子啊,
我们的家太穷了,
所以没有人,
愿意和你配成亲;
不然的话,
你早就应该成亲了。
我的父亲和母亲,
拉着我的耳朵,
常常这样说,
我听了很难过!
恰巧应了别人的话:
十五月亮圆,
光明照四方,

我在四方找①,
找不到我的好姑娘。
我就为了这件事,
整天地伤心!
要是你和我成家了,
我的父亲和母亲,
一定很高兴。
所以我就盼望你,
马上和我配成亲。
亲爱的小姑娘也,
你能吗?

跟我唱歌的哥哥也!
我怎么不能呢?
只要你愿意带我走,
我一定跟你去。
亲爱的哥哥也,
带我去吧!

跟我唱歌的小姑娘也!
你既是愿意跟我走,
我们现在就
开始走吧。
我们年轻的日子,
不会太长久,
我们要做的马上做,
要去的莫停留。

---

① "照"与"找"双声,韵亦略同。这两句的翻译,很费了苦心。原诗中有不少这样的双关语,在汉文中很难找到恰当的翻译,有些只好忍痛割爱了。——作者原注。

亲爱的小姑娘也,
快些走吧!

跟我唱歌的哥哥也!
你的这些话,
正合我的心。
我们都是年轻人,
要做的马上做,
要去的莫留停。
亲爱的哥哥也!
你在前面走,
我在后面跟:
走的是一条路,
想的是一条心。
等会儿到了你家里,
你要告诉我:
哪个是父亲,
哪个是母亲,
还有兄弟姐妹们,
你都要告诉我,
我才好喊他们。
我的心上的男人也,
你说是吗?

成 家 记

我的心上的妻子也!
我在前面走,
你在后面跟。
等到我们走回家,
我就告诉你:

父亲是谁，
母亲是谁，
谁是兄弟，
谁是姐妹。
等你认识清楚了，
你就做饭去；
饭做好了，
添给父亲母亲吃；
全家人吃过了，
你就把碗筷收去洗。
你还要热洗脚水，
抬给父亲母亲洗；
他们洗好了，
我们跟着洗；
我们洗好了，
弟弟妹妹洗。
大家洗了脚，
各自去休息。
睡到第二天早上，
哥自神造的太阳，
把我们个个叫起来，
我们就带着镰刀和锄头，
到地里做活计。
我的心上的妻子也！
你说好吗？

我的心上的丈夫也！
你说得完全合。
可是我初到你家里，
你家里的东西，

放在什么地方,
我都不知道。
到了明天,
要到地里去工作,
镰刀在哪里?
锄头在哪里?
你要告诉我,
你要拿给我!
我的心上的丈夫也!
你说好吗?

我的心上的妻子也!
你说的真不错。
到了明天,
我一定拿给你:
河西①铁匠打好的锄头,
河西木匠安好木把的锄头;
河西铁匠打好的镰刀,
河西木匠安好木把的镰刀,
用天神洒下的雨水,
在磨石上磨快了的镰刀;
还有用牛皮做好的背带,
还有些别的东西,
我都一样一样地拿给你。
我们带着这些东西,
到地里做活计。
我们在地里,

---

① 地名,在弥勒西南,是制作铁器和木器的手工业较发达的地方。——作者原注。

忙了一整天，
直到太阳下山，
我们又带着这些东西，
回到我们家里。
明天这样过去了，
到后天早上，
我就跟你一起，
回到你的娘家去。
可是，
我的心上的妻子也！
要是你的父亲和母亲，
不愿把你嫁给我，
到了那时候，
你又怎么说？
我的心上的妻子也，
告诉我吧！

我的心上的丈夫也，
你真是一个多心人！
我俩情投意合，
自愿配成婚；
我的父亲母亲，
一定很高兴。
我的好丈夫也，
你放心吧。
我俩一同回娘家，
做了一天的活，
再一同回到你的家，
到你家地里去工作。
你只要多想想：

以后的日子,
应该怎样过?
怎样使得全家人,
过得更快乐?
别的事情,
你就不要多想了。
我的心上的丈夫也,
你说合吗?

我的心上的妻子也!
世界上的女人那样多,
你是最聪明的女人。
世界上的女人那样多,
你是心肠最好的女人。
你的心肠好,
又是聪明人,
我们的家这样穷,
你说怎么办
才能使它变成一个新家庭?
我的心上的妻子也,
告诉我吧!

我的心上的丈夫也!
我俩已经是一家人,
以后不要再说什么
心肠好不好,
聪明不聪明。
我俩好好来商量,
怎样建立一个新家庭?
我俩都是年轻人,

别人能做的,
我俩也能做;
为了维持新家场,
无休无歇地做,
拼死拼活地做!
省吃又俭用,
还望老天的雨水多,
只要收成好,
一家自然能过活。
过了农忙期,
我俩还要卖柴草,
卖下钱来,
换些盐巴和辣椒,
我们吃的可以不愁了。
要是还有多余的钱,
换些粗布麻布来,
穿的可以不愁了。
我们全家住在大树下,
到底不算好,
我们还要想法子:
你砍树,
我割草,
盖成一所小茅屋,
可以避风,
可以挡雨,
不怕毒蛇虎豹;
冬天房里又暖和,
住的可以不愁了。
你看多么好!
我的心上的丈夫也!

我们建立了新家庭,
吃的,喝的,
穿的,住的,
样样不求人,
那就不要忘了
逢年遇节,
感谢年神和月神。
亲爱的丈夫也!
你要告诉我
年神月神的供法,
你说好吗?

我的心上的妻子也!
你真说得对,
你真说得合,
你真是一个
能够维持家务的人。
现在我就告诉你,
年神月神的供法,
你听着吧:
二月没有节,
就拿祭迷当做二月节①。
三月没有节,
就拿祭龙当做三月节。
四月没有节,
就拿求雨当做四月节。

---

① "迷"神相当于汉人的土地神。迷神有二:一为普普神;一为普母神,即普普神之妻,也即土地婆。二神均穿黄衣,戴金银耳环和金银帽子,每年在二月初祭祀之。——作者原注。

五月没有节，
到了五月五，
就是端阳节。
我们是穷人家，
没有多余的钱，
到了过节的前几天，
我俩背着柴草，
到弥勒街上去卖。
卖了柴草的钱，
买过节吃的东西和
过节用的百色线①。
到了端阳节的早上，
我去挑水，
你去煮饭。
到了中午饭熟了，
我们就拿
白蒿子和百色线，
供在神面前；
再拿耕田用的犁和
拴犁用的铁链，
放在供桌上；
还有我们要吃的东西，
一齐供在神面前。
这样供了神，
我们全家人，
就开始吃饭了。
等到吃过饭，
就用百色线，

---

① 百色线是由各色丝线混合而成，拴在手上，用以"避邪"。——作者原注。

一段一段地
拴在全家人的手腕上。
拴上了百色线,
我们全家人,
就能得到
清吉和平安。
过了端阳节,
又是火把节①。
到了六月二十五,
我们全村人,
杀一条牛来过节。
这条牛的价钱,
我们全村人,
家家要分担;
这也要靠你和我,
背着柴草,
到弥勒街上去换钱。
到了六月二十五,
黄昏时候,
我们先在门前,
插上一棵梨树;
等到晚饭熟了,
等到牛肉熟了,
我们点起
用刺条扎成的火把,
又红又亮的火把,

---

① 撒尼人(彝族的另一支系)的火把节,是在 6 月 24 日。他们当稻子出穗的时候,砍下很多的小松枝,晒干以后,到了 6 月 24 日晚上,让儿童人手一枝,点燃起来,到田地里和稻场上各处烛照,以驱除蝗虫及其他害虫。——作者原注。

在房里，
在每个角落里，
走着烧着，
走着烧着，
要烧死所有的病鬼，
要烧死所有的瘟神，
叫那些病鬼和瘟神
不能害我们。
病鬼瘟神烧完了，
我们把火把，
放在门槛上，
我们迎着火光，
把五月五那天
拴在手上的百色线，
用剪刀剪断了，
放在火上烧；
烧完了百色线，
我们把火把，
放在门前的梨树上，
让火光照着我们，
我们放开喉咙，
喊我们全家人的魂。
我们个个喊过了，
我们个个喊饿了，
就开始吃晚饭。
我们吃
用柴草换来的牛肉，
牛肉吃完了，
六月也完了。
七月没有节，

就拿祭祖①当做节。
八月没有节,
就拿中秋当做节。
九月没有节,
就拿净土②当做节。
十月没有节,
就拿霜降当做节。
冬月没有节,
就拿冬至当做节。
腊月没有节,
就拿忙年当做节。
为了准备过新年,
我们全村人,
忙去忙来,
整整要忙一个月。
又是我砍柴,
你割草,
只有用更多的辛苦,
才换来更多的快乐。
等到手脚已经砍酸了,
腰杆已经背弯了,
年货已经办全了,
我们就可以
安安逸逸地过年了。
到了腊月三十晚,
我们全家人,
欢天喜地地,

---

① "祖"即本诗第一部中被难脱险的彝族祖先。——作者原注。
② 净土节祭"土主"神,祈求避免瘟疫,六畜平安。——作者原注。

围着吃年饭。
饭熟了的时候，
让父亲母亲，
把年神喊回来，
和我们一同过新年；
用我们要吃的饭和菜，
献给年神，
叫他保佑我们，
一年四季，
清吉又太平。
第二天，
正月初一，
算是一年中间，
顶快乐的一天，——
我们全家人，
个个收起苦脸，
摆开笑脸，
高高兴兴地，
吃着新年的饭。
吃完饭以后，
我们用耳朵，
能听到别人家的门前
杀过年猪的声音。
我们虽然穷，
可也早已养肥了
我们的过年猪。
这时候，
我们也把我们的亲戚，
喊到我们家里，
也在我们的门前

杀我们的过年猪。
我们的亲戚，
大家来动手：
有说有笑的
帮我们杀过年猪；
有说有笑的
帮我们吃过年猪：
这样快快活活地
过了三天年，
猪肉已经吃完了，
新年也就过完了。
我们也恭恭敬敬地
把年神送上天了。
从正月初四起，
我们又开始做
新年里的新工作：
照样地锄地，
照样地砍柴割草，
照样地过生活。
过了一月又一月，
过了一年又一年，
我们不知不觉地
好又混成老人了！
我的心上的妻子也，
你说对不对？
你说合不合？
不合的话，
你告诉我吧！

我的最亲爱的丈夫也！

你说得完全对，
你说得完全合。
为了将来的好日子，
我们现在就要
辛辛苦苦地来工作。
我们要一天一天，
叫家场兴旺起来，
叫家场宽裕起来，
叫我们的儿女，
都不愁吃的穿的，
一个个养大起来。
我们的儿女长大了，
都不要去帮人；
也不受别人的欺侮，
也不受别人的诬害。
我们活着的时候，
同过着幸福日子；
老了死了的时候，
同睡进一口棺材。
我的最亲爱的丈夫也，
你说好吗？

我的最亲爱的妻子也！
你说得真有理。
但愿今天说的这些话，
我们这一辈子里
永远不忘记。
我的最亲爱的妻子也，
我这个穷人家的儿子，
今天遇到你！

我今天空手出门来,
带你双双回家去。
眼看已经到家了,
我的父亲母亲,
一定很欢喜。
正像人家常说的:
十五月亮圆,
光明照四方,
我在四方找,
找到了一个好姑娘。
我的最亲爱的妻子也,
你看吧!
你看那山坡上,
你看那大树下,
我们已经到家了!
我们就要成家了!

一九四四年三月九日夜脱稿

《离骚》今译①

[题记] 我翻译屈原的《离骚》，断断续续地竟经过九年的期间；这并不足以说明我的认真和勤奋，倒反而证明了我的疏懒。一九三三年的夏天，当我还在大学念书的时候，便开始试译，很费力地译出了四分之一，此后兴趣转移，便放下了。一九四〇年端午节重庆的诗人们第一次纪念屈原，我写了长诗《屈原的故事》，在纪念会上朗诵过，同时又译出了《离骚》和《九章》的一部分。一九四二年在云南教书，替学生们讲《离骚》，为了提高学生欣赏原文的兴趣，便又重整旧业。但由于多年的流浪生活，旧稿都已散失，只好从头做起。在乡下缺少参考书，有些问题不敢轻下断语，加之功课较忙，这工作仍然久搁着没有完成。最近居然从两年来的粉笔生涯中解脱出来了，便下个决心，在两星期中结束了译文的初稿：九年的愿望算是初步完成了，心头真是如释重负。

郭沫若先生的《离骚今译》已经问世多年了，但他的书也绝版了多年，我只是最近才从新刊的《屈原研究》中读到他的译文。郭先生对于屈原的研究，有独到的见解，我看他的《屈原身世及其作品》一文，十九都是不移之论。他的译文着重于解释与发挥，所以他只要求读者把它看做原文的疏注。我的企图却过于狂妄了，我希望我的译文能成为可以独立的诗章，虽然我表现出来的成绩不过尔尔。我的译文有许多地方和郭先生的颇有出入，但是，我必得承认，郭先生所给我的帮助和启示却是非常之大的。

我的见闻浅陋，我所能读到的书太少了。我的翻译工作，主要地依据王逸《注》和洪兴祖《补注》；参考戴东原的《屈原赋注》，龚景瀚的《离

---

① 本篇发表于1944年北门出版社《新艺术丛刊》。曾收入《张光年文集》（第五卷）。

骚笺》，钱杲之的《离骚集传》和郭沫若的《离骚今译》；《六臣注》荒唐之处太多，我对它很冷淡。但是像朱子的《集注》和有名的《楚辞灯》，我至今还没有到手，这就是不可原谅的疏忽了。更重要的，还有闻一多先生的《楚辞校补》，这一部继往开来的著作，一定可以给我许多有价值的启示的，我也还没有读到，这只好等着以后的机会了。

我的译文，对原文的解释处，曾杂采诸家注释；某些地方，也有我自己大胆的解释和处理。在此处如果一一加以说明，一定需要很长的篇幅。好在此刻又有一个心愿，打算把屈原全部的遗产陆续翻译出来，刊成一个单行本；到那时候，再把应有的小注脚一一附在书后吧。

我为什么汲汲于从事这种不急之务呢？那是由于我看到今天中国的新诗，从我国遗产中所接受来的健康的影响实在太少了。目前的新诗人，对于西洋诗歌熟悉的程度，远过于他们对于中国诗歌应有的熟悉。这种情形，自然很容易造成一种偏向。目前我们只能从臧克家的诗里显明地看出唐代诗人尤其杜甫的影响，而这种影响至少有一半反而变成了不健康的束缚。至于我国的第一个最伟大的诗人屈原，直到今天，我们还很难看出他给予新诗人的影响是什么。语言文字乃至生活与感情都经过了两千多年的演变，使原文变成了艰深难解的东西，这自然减低了新诗人向古诗探讨的兴趣。我如今不自量力地把它们试译出来，也无非想通过我的拙劣的译文以增加读者研究古诗的兴味。

我的译文在个别的字句上也许不太忠实，如果说一句解嘲的话，那是由于我对于屈原的精神和人格乃至他的创作意欲过于忠实的结果。我对于屈原的诗句在当时环境之下的创作心理的分析，感到很大的兴趣，我的译文随时随地都想迁就那个在我的理解所能触到的范围之内的作者当时的创作意欲；虽然我明明知道，这个尝试是十分危险的。

翻译的时候，我也曾注意到形式问题。韵脚这东西，我一向认为是有利而无害的，当然我不忍排斥它。此外，经过多次的考虑，我仍然选择了一行对一行的近乎直译的步法，虽然这样一来使我很吃苦。如今我的译文，正和郭先生的译文一样，和原诗的行数是完全一致的。

我所以急急于把译文的初稿发表出来，为的便于就正于我一向尊重的目前散在各地的可敬的师友们，并以征求有真知灼见的读者的指教。希望我的译文不太亵渎了屈原,我将在刊印单行本时根据所能得到的新材料和新意见再来一次订正。

一九四四年七月二十一日

我是颛顼皇帝的后代,
先父是忠贞的伯庸。
我诞生在寅年寅月的庚寅日,
当时北斗星指向东方的天空。

为了我的光荣的生日,
先父赞赏我为我命名:
我的名,代表苍天的公正;
我的字,显示大地的丰盈。

我爱用纯洁的鲜花,
装饰我美丽的灵魂:
我的身上披满了香草,
我的花环用秋兰缀成。

我不停地向前奔驰,
怕的是时光太无情;
我爱山上的木兰千年不死,
我爱水边的绿草四季长青。

日月不肯停留她的脚步,
春天刚过又来到秋天,
草木已经在秋风里变色,
佳人可能保住她的红颜?

快改变你荒唐的行为啊，
趁你此刻还年轻；
快骑上这矫健的骏马吧，
来，我带你走向光明！

从前三楚开国的君王，
爱贤者如同爱惜群芳，
因此朝中五彩缤纷，
岂只一草一木而得意扬扬？

尧舜的事业光芒万丈，
尧舜的道路千古辉煌，
只有那桀纣贪走邪路，
到底在邪路上自取灭亡。

如今党人们苟且偷安，
他们的前途十分黯淡；
难道是计较我个人的苦难？
怕他们把全民族带向深渊！

当初我在你左右奔走不停，
盼望你追上先王的脚印；
可是你听信谗言加怒于我，
全不体谅我内心的忠诚！

我明知忠言足以遭祸，
却宁愿忍受苦难的折磨！
让苍天给我公正的裁判吧，
我全是为了你和我的祖国。

当初和我诚恳地约定,
后来翻悔时那样无情!
我个人离开你本无留恋,
想到你举棋不定令我伤心!

我栽培了幽兰二百亩,
又种了一百亩的香蕙,
五十亩芍药和揭车草,
还加上马蹄香和白芷。

盼望她枝叶一天天繁茂,
到日后能有丰盛的收割。
只要不玷污她芬芳的生命,
哪怕她不幸在风霜里凋落!

但人们为权利互相争逐,
他们爱钱财贪得无休;
却为何以小人之心度君子,
竟对我深深地嫉妒?

为世俗的名利而奔走,
岂是我梦寐之所求?
我怕的是时光催人老,
而光辉的人格不能永立于千秋!

让木兰的清露恣我痛饮,
让秋菊的花瓣供我饱餐;
只求我的灵魂不被污损,
宁饿死也保持我的清廉!

用白芷的根须结成长线，
穿上薜荔花瓣挂在胸前，
用肉桂的柔丝缀上蕙草，
和胡绳的花穗做成花环。

这是古代圣贤的服饰，
不是当今时俗的装扮；
让满街的俗人看来刺眼，
我有心追随高傲的彭咸。

为了人民的苦难我悲痛，
我叹息，我流泪如雨！
尽管我的心灵纯洁而美丽，
我的忠贞却遭到君王的遗弃！

遗弃我为的我佩带香蕙，
疏远我为的我爱好芳芷。
这爱好随我天性以俱来，
便因此粉身碎骨也不惜！

只是你的头脑太糊涂，
何尝了解人心的诡谲！
是她们恶意中伤我啊，
全为了嫉妒我的美丽。

她们会的是花言巧语，
把方说成圆白说成黑；
颠倒了是非和曲直，
用谄媚的笑脸讨你欢喜。

为此我悲伤我怅然而独立,
我独自担当这苦难的遭遇!
我宁可在荒野里流亡而死,
也不忍摹仿那谄媚的行为!

我要做天上的苍鹰,
永不愿和鸦雀齐飞;
方和圆怎能相合?
忠与奸誓不两立!

但我还忍受着忍受着羞愤,
压抑着压抑着自己;
倘使因了忠贞而牺牲,
这牺牲应有无上的光辉。

我深恐迷失了自己的道路,
那么,停一停,不如回去!
趁着我迷路不远的时候,
且勒转我的车马赶回去!

让我的马在清溪边高岗上
歇一歇啊,让我想一想:
回去作无谓的牺牲吗?不!
还不如重整我旧日的行装:

我要用绿色的荷叶和白莲花,
缀成一身高贵的衣裳;
没有人了解我也让它去吧,
只求心灵如白莲一样芬芳!

让我的高冠高耸入云霄,
让我的环佩随风而飘摇;
全身是五光十色的一片,
而心灵也一样的孤高!

掉过头来向远方张望,
我将流浪到遥远的地方;
带着这五彩缤纷的服饰,
随身放射出奇异的芳香。

世人各有自己的爱好,
我爱我美丽的理想;
即使粉身碎骨,也不能
改变我爱美若狂的心肠!

那温柔而美丽的女媭啊,
她诚恳而委婉地劝诫我,
她说:"鲧就是为人太刚直,
结果在羽山下遭了惨祸。

"你为什么这样孤高呢?
偏要保持你奇异的风采!
你看大地上生满了野草,
你偏抛开它们不肯佩戴!

"人们是难以理喻的啊,
谁能了解我们的灵魂?
人们都喜欢成群结党啊,
你偏爱孤独不听我的叮咛!"

啊！我谨守着古圣贤的法度，
为什么竟遭到这样的命运！
我愿去到沅水湘水的那一边，
向大舜告白我内心的忠诚：

"夏启从天上得到九辩与九歌，
只顾在地上享受天国的音乐，
在个人的享受里忘掉一切，
伍观作乱便掀动了干戈；

"勇武的后羿爱好游猎，
又好射杀山中的神狐，
他的荒淫遭到杀身之祸，
国土和美人便被夺于寒浞；

"而过浇倚仗自己的强横，
任意残杀无罪的人民，
又在欢乐中忘掉了自己，
少康便结束了他的性命；

"那无法无天的夏桀啊，
终于遭到亡国的灾殃；
纣王杀害他的忠臣啊，
商朝便因此而灭亡。

"只有汤禹和周代的贤君，
一心一意地追求正道，
让有德有才的人管理国事，
在正确的轨道上永不动摇。

"可见上天是公正无私的啊,
他只保佑那公正无私的人,
必须有最高的智慧和道德,
才能永远做大地上的主人。

"从古代的教训看到今天,
这就是最好的人生经验:
不义的人怎能巩固他的统治?
不善的行为总是十分危险!

"我此刻已临近死亡之门,
但我决没有丝毫的悔恨,
虽然我明知道古圣贤的惨死,
都由于不能适应当时的环境。

"为此我不禁悲苦而呜咽,
为什么生在这丑恶的时代?
用鲜花揩去我的热泪吧,
而热泪像波涛一样滚下来!"

我跪在大舜的墓前哭诉着,
确信光明和真理属于我,
于是我跨上飞龙驾驶的彩凤车,
乘一阵长风驶入我理想的天国。

早上辞别了神圣的苍梧山,
晚上到达了昆仑山上的玄圃,
我想在天国的门外徘徊片刻,
可惜太阳的金车正向西方沉没。

我说：羲和啊你慢些走吧，
你快要到家了还忙些什么？
我的道路还十分遥远啊，
难道教我在黑暗中摸索！

让我的飞龙在西海的咸池中饮水，
让我的彩凤在东海的扶桑下休息，
折下若木的枝条鞭打无情的太阳，
我要在这天门外寻求片刻的欢娱。

让望舒的明月替我作先驱，
让飞廉的疾风替我作后卫，
让鸾皇的笙歌替我作鼓吹；
而雷神说：这一切还没齐备！

我只好驱着我的飞龙和彩凤，
要不分昼夜地向高处飞腾；
可是什么遮断了我的道路啊：
一阵狂风卷来了一阵乌云！

乌云乱纷纷地拥挤着分散着，
而闪电火蛇似的在云中飞行；
我让守天门的老人放我进去，
可是他呆呆地望着我不肯开门！

我这样昏昏沉沉地过了一夜，
握着香草在空中独立而悲戚：
天上和人间一样的肮脏啊，
总是掩盖着嫉妒着我的美丽！

待天明时我将渡过白水，
把我的马系在阆风之巅；
连天上也没有我心上的美人，
我流着热泪从云中回顾人间。

我飘然地飞进东方的春宫，
随手折下一枝天上的琼花，
趁着这琼花此刻还未凋谢，
倘遇到绝代佳人我便赠给她。

我让丰隆登上他的彩云，
替我寻求那美丽的宓妃，
解下我的琼花交给蹇修，
郑重地托他转达我的来意。

起初她含糊地若即若离，
后来气冲冲地完全变卦，
晚上她抛开我回到穷石去，
早上只顾在洧盘洗涤她的长发。

她因了自己的美丽十分骄傲，
每天只顾欢天喜地地游荡；
纵使美丽但对我太无礼啊，
算了吧且改变我追求的方向。

在云中游遍了四方的仙境，
失望了不如回到人间去；
忽看见一座瑶台耸立入云霄，
其中住着有娀氏的佳人简狄。

我让鸠鸟飞去替我作介绍，
鸠鸟欺骗我说那美人并不好；
一只斑鸠从我的面前飞过去，
我又怕那多嘴的斑鸠不可靠。

这时我的心中踌躇不定，
想亲自去说又有些迟疑；
还怕我的情敌高辛氏先我一步，
托凤凰送去了他订婚的聘礼。

走开吧，但走到哪里去？
只好无目的地浪游着，
想到也许少康还没有结婚，想到
也许有虞氏的两姐妹正在等待着我。

可惜我的媒人太拙劣啊，
他们的言语又那样不可靠；
在这是非颠倒的世界啊，
他们嫉妒你反说你的不好！

美人的香闺是如此遥远啊，
我的君王又昏睡而不醒！
满腹的忠诚向谁倾诉啊，
难道我就在孤苦中度过这一生？

我找来占卜用的灵草和细竹，
求教于命运的先知灵氛先生。
他说："从来天配的良缘没有差错，
谁是你梦中向往的情人？"

他说:"该想到天地的广大,
难道除开此地便没有美女?
还是坚决地到远方追求去吧!
凡诚心求爱的何致冷淡了你?"

他说:"天涯何处无芳草?
你何必留恋你的故乡?"
是啊!在这黑暗迷乱的时代,
谁能了解我内心的善良?

人们同样有爱美的心,
只有这些党人们特别奇怪:
他们在腰上插满了野蒿,
偏说芬芳的兰花不可佩戴!

难怪他们把砖瓦当成美玉,
他们竟没有鉴别草木的力量!
他们说凡是香草都有怪味,
只把肮脏的粪土装满了香囊!

我愿听从灵氛先生的忠告,
心中却迟疑着没有主意;
趁着灵异的巫咸今夜要迎神,
我带着香椒白米去探问消息。

我看见百神的彩云自天而降,
九嶷山上的女神结队去欢迎;
这时天空放射出辉煌的灵光,
巫咸便向我吐出古人的教训:

"你该到更广阔的地方去，
寻求你志同道合的友人；
汤禹都曾虔诚地追求同志，
遇到伊尹和皋陶便一见倾心；

"只要你的心灵是美好的，
又何必等着别人的说合？
你看那在岩边做苦工的傅说，
殷高宗对他便十分信托；

"姜太公不过是拍刀卖肉的屠夫，
周文王遇着他便拜他做师傅；
宁戚在放牛时歌唱自己的不幸，
齐桓公听着了便用他做大夫。

"趁着你年岁还不算太老，
趁着这季节还没有萧条，
怕的是一听到伯劳的悲啼，
惊退了地面上的花花草草。"

唉，为什么人们偏要遮蔽着
我满身佩带着的鲜花和美玉？
为什么那不信不义的党人啊，
一心一意地要摧毁我的美丽？

季节的变化是可怕的啊，
我又怎能够在这儿久留？
当幽兰和白芷都失掉了芬芳，
还有多少香草都变成了秋莸！

为什么当年的芳草，
变成了今天的野艾？
难道还有别的原因吗？
只因为他们太不自爱！

我以为兰花是永远芬芳的，
哪知他只有美丽的外表！
徒然有了芳草的虚名，
也会一样地迎合时好！

那谄媚而自大的椒花啊，
还有那冒充椒花的茱萸，
既是一心一意地要钻进香囊，
又怎能保持他不变的美丽？

人们会的是随波逐流，
怎能不因潮流而变化？
看到香椒和幽兰尚且如此，
又何况其他的野草闲花？

只有我的花环是永远美丽的，
虽然它竟遭到无情的遗弃；
它的香味至今不曾衰褪，
它的芬芳永远不会衰褪！

且保持我胸怀的宁静吧，
到远方去追求我的美人，
趁着我的环佩正放射着芳香，
我要到广大的宇宙间四处搜寻。

愿听从灵氛先生的忠告,
选一个吉日将开始流浪;
折下一束琼花和一囊花瓣,
这鲜花便是我道上的食粮。

替我驾上飞龙的神马吧,
我的车要用象牙和美玉装成;
和那些贪婪的小人怎能相处?
我将远远地远远地离开他们。

我的航程转向昆仑之巅,
我在这遥远的天路上飞翔;
冲过一阵阵阴暗的乌云,
听车上的玉铃随风而叮当。

早上从东方的银河启程,
晚上到了西天的阊阖之门,
一队队的凤凰绕着我的旌旗,
在高空飞翔着拥护着我前进。

转眼间已来到荒凉的流沙,
前面隔着一条滚滚的赤水;
命令蛟龙们替我架一道桥梁,
呼唤西天的少皞渡我过河去。

这一段路程遥远而且艰难,
前面的车马等一等,让我过去!
当我的车绕过不周山的高峰,
我说,朋友们,在西海相会!

于是我的身边聚集了一千辆车马,
一千辆车轮一齐飞舞着滚向前方,
我驾着八条热情的神龙作先锋,
头上有辉煌的云旗在空中飘扬。

压抑着我的热情徐徐前进吧,
我的灵魂已飞到遥远的地方;
奏一曲九歌随韶曲而舞蹈吧,
我还要偷闲作片刻的欢畅。

当我升入金光灿烂的天顶,
忽回头看到我苦难的故乡,
从此我的马夫悲痛马也悲痛了,
它们瘫软了失掉了飞腾的力量!

(尾声)

算了吧!荒凉的祖国抛弃了我,
我又何必苦苦地怀恋我的祖国?
在人世间既无法满足我的理想,
愿纵身跃入彭咸所居的江河!

一九四四,七,十九,午译完。

《九章》今译①

惜　　颂

沉默使我苦痛
我要宣泄我的忧愤
我的话倘有虚假
愿上天加我以极刑

让五帝来评判
让鬼神来陪审
让山川作见证
让咎由来审问

我忠诚地服侍他
反遭到他的遗弃
我不会谄媚逢迎
只有贤明的君王

我的言行都可察考
内心与外貌从来一致

---

① 本篇中的《哀郢》《橘颂》和《涉江》先后发表于1944年6月25日、7月28日和1945年6月14日的《扫荡报》（昆明）副刊，《思美人》发表于1945年《妇女旬刊》（昆明）第1卷第2期。其余篇目据作者手稿。曾收入《张光年文集》（第五卷）。

君王应该最能了解我
因为我天天在他的左右

我总是先公而后私
却遭到众人的仇视
我一心一意爱君王
因而受到众人的妒嫉

我一心一意保全你
却不能保全我自己
我一心一意爱护你
便是我招祸的道理

谁也不像我这样忠于你
全忘了自己的贫贱
只晓得对你忠诚
能否得宠我全不管

因忠贞而获罪
我从来不曾想到
因孤高而倒霉
竟遭到众人的嘲笑

不断遭到毁谤
简直无法解释
冤情压在胸怀中
得不到表白的机会

我悲苦怅然而独立
无人了解我的正直

我要说我要大声疾呼
却无法传达我的胸臆

我沉默,无人了解我
我高呼,也无人听到
心中纷乱如麻
我愁苦而又烦躁

我曾做过登天的梦
梦中找不到灵魂的渡船
我让厉鬼占卜,他说
你的愿望很难实现

可见君王可思而不可靠
终于遭罪而流放
众人的毁谤能使黄金销熔
我便因此而遭受灾殃

人的感觉时常错乱
我何不改变我的志愿
但我还保持过去的天真
想跳跃着一步登天

众人大惊小怪地离开我
我又何需乎这样的朋友
既然所走的不是一条路
我又何需乎他们的帮助

像申生那样的孝子
尚且因谗言而获罪

一味地刚直不迁就
鲧因此而前功尽弃

人们说好心得恶报
我总觉这话太过分
经过重重苦难的教训
才知道这话很中肯

天上布满了弓箭
地上布满了网罗
为的是讨好君王
已没有我容身之所

要留在宫廷吧
怕遭到更多的灾祸
要远走高飞吧
又怕他问我何处逃

要横冲直闯吧
又不忍违背我的信念
胸背因悲愤而撕裂
心中的痛苦不堪言

用木兰蕙草和椒花
碾成我芬芳的食粮
播种些蘼芜和秋菊
作为我来春的干粮

最怕我的言行被误解
我不辞一再地说明

愿保持我芬芳的品德
带着它向远处逃奔

涉　　江

我自幼爱好奇异的服饰
年老也不能改变这习惯
我带着光怪陆离的长剑
顶着高耸入云的高冠
佩着夜光之珠和宝玉
让世上的人惊奇吧
我仍然大踏步地走在最前面

我曾驾着青龙白马
和大舜同游于天国的花园
有昆仑山上的仙花供我饱餐
于是我和天地一样永恒而不朽
以我太阳般的光芒照射于人间

这蛮夷之邦无人了解我啊
让我飘流到长江湘水的那一边
登鄂渚之滨回头望故乡
北风的余威无情地向我追赶

让我的马到水草之间浪游吧
让我的车空留在方林道上
我愿在沅水上尽情地漂浮
听双桨拍打着江上的波浪
但我的船像不听舵手的指挥了
它回旋着迟疑着在江上彷徨

那天早上辞别了枉渚
晚上到达了辰阳
难道怕旅途的偏远吗
只要我的心灵端正而堂皇
但是，当我的船折进了溆浦
啊，天呀，这是什么地方

深林里看不见太阳
这岂不是猿猴的家乡
高山遮蔽了蓝天
山下是云雾和烟瘴
云雾包住了地上的房屋
无边的霰雪洒在大地上

啊，这就是我的命运和遭遇
我将被锁在阴湿的山谷里
不能和世人同流合污啊
我将愁死在阴湿的山谷里

所以接舆只好披发而高歌
所以桑扈宁愿裸体而狂奔
因为贤者往往被遗弃
因为忠臣往往不能遇贤君

那忠贞的比干和伍子胥啊
他们的惨死使我寒心
我又何必抱怨我的君王啊
古人也免不了悲惨的命运
但我的意志仍永远不动摇

宁愿在愁苦中度过这一生

(尾声)
鸾鸟凤凰啊
飞向何处去
燕雀乌鸦啊
在堂上翱翔
香草美人啊
死在荒林里
腥臊恶臭啊
压倒了芬芳
倒行逆施啊
丑恶的时代
怀才不遇啊
去吧，流浪到远方

哀　郢

难道是上天降祸于人间
百姓竟遭到这样的灾难
人们潮水般逃向东方去
在这春光明媚的二月天

我也离开了我的故乡
沿着江水向远方逃亡
那天早上告别了郢都
临别时感到无限悲伤

离开了郢都我的乡土
眼前只剩下一片模糊

我的船迟疑着不肯向前进
啊,再见了,光荣的郢都

远望城门外浓密的森林
热泪如雨啊滴湿了衣襟
转眼间船身已越过了夏口
从此再看不到楚国的龙门

苦痛的线在心中牵引着
不知道此刻此身在哪里
但愿顺着风波而飘流
随它把我飘到哪里去

我驾着江上的洪波
开始无休止地漂泊
这时心中苦痛的线
正在纠缠着撕裂着我

让我的船尽情漂荡吧
越过烟波浩淼的洞庭
啊,抛弃了祖先的田舍
我还在欣赏着东南的风景

可是我的魂魄飞走了
它偏忘不了祖先的田园
它飞回西方的汉水上
而我离我的郢都这样远

我只好登高丘而远望
借此解除我内心的忧伤

看不见故国的锦绣河山
江风吹冷了我的心肠

你汹涌的波涛何处来
我天涯的游客何处去
能让都门盖满了荒草
让楚王宫殿化为丘墟

心中长久地郁闷着
悲愁一个接连着一个
故乡是如此地遥远
隔着千里迢迢的江河

这竟是无情的事实吗
流浪到今天已经九年
胸中郁结着无穷的悲愤
我只有临风独立而长叹

那些巧言令色的小人
只会在敌人的面前发抖
是他们嫉妒我的忠贞
遮断我救国救民的道路

尧舜的伟大人格
足以和日月争光
也会因了逸人的嫉妒
受到不慈不孝的谤伤

倘使厌恶贤者的耿直
倘使喜听小人的谗言

小人自然一天天越来越多
贤者自然一天天越去越远

（尾声）
登高丘而远望啊
何时能回到家乡
鸟倦飞而思归啊
狐将死也知还乡
遭谗言而流放啊
日夜里怎能相忘

抽　　思

我越想越难过
叹息更增加了忧伤
苦闷无法排解
而夜又这样长
秋风洗劫了大地
季节不息地变幻
想到你的乱发脾气
我越想越心烦

早就想拂袖而去
看到老百姓我便气馁
让我用心写一首诗吧
就把这首诗献给你

你曾经好心告诉我
说晚一会就和我同去
谁知你中途变卦

又有了三心二意

拿你的财宝对我夸耀
拿你的美女对我嘲笑
对我说的话全不算数
还借故对我吵闹

想找机会对你解释
又怕惹来了新的灾祸
我踌躇着还想接近你
心中却万分地难过

我曾经写诗忠告你
你却装聋不肯听
老实人不会花言巧语
大家却把我看成眼中钉

当初我对你说的话
难道今天都忘掉了
我为什么一再地申说
却是为了你的好

有上天作我的见证
有彭咸作我的榜样
你只要照我的话做去
一定能得到不朽的荣光

道德在乎人为
虚名不可强求
不种瓜的哪能得瓜

不种豆的哪能得豆

（短歌）
我对那美人解释啊
却一直得不到回音
用她的财宝侮辱我啊
我说的她完全不听

（独唱）
有一只江南凤凰
来到汉水的北方
她多么美丽啊
却独自流落他乡

她禀性孤高
又没有媒人替她撮合
她被北方的爱人遗弃
不许亲自对他去申说

她对着高山流泪
对着流水伤心
她望穿了五月的夜
却一直望不到天明

梦魂飞到遥远的郢都
她一夜里飞去飞回
她自己不认识道路
她的魂魄带着她来去

为什么魂魄这样正直

靠着月亮星星的指引
为什么不能亲自走回去
她说她的心不像我的心
没有媒人为我撮合啊
她还不知道我的忠贞

（尾声）
望着那长滩急流
望着那长江大河啊
我不安地望着他南进
也算是一种快乐啊
还有那怪石耸天
它阻碍了我的心愿啊
我要越过它前进
只好在乱石中穿行啊
我踌躇着向前走去
夜宿在北姑山啊
我烦恼而枯槁
恨不得投水而去啊
我的路途偏远
又无人替我做媒啊
悲愁使人伤神
我的心向远方飞去啊
我一边走一边吟诗
也算安慰自己啊
可是我的忧伤表达不出
我的诗能献给谁啊

怀　　沙

炎热的初夏
草木正在滋长
我带着无尽的悲哀
来到南方

眼前一片阴暗
山谷里寂寞无声
心中郁结着痛苦
穷愁而又多病

压抑着忧愤和
无尽的委屈
虽侮辱与迫害
不曾改变我的常轨

意志动摇的人
可笑而且可怜
我谨守古圣贤的法度
至死也不改变

心灵坚实而正直
可邀得古人的赞许
巧匠不曾运斧
谁能认识他的神奇

黑暗中看文章
盲人看不清爽

离娄未曾张大眼睛
瞎子便说他没有眼光

颠倒了上下
混淆了黑白
凤凰困在囚笼里
让鸦雀飞去飞来

珍珠与沙土相混
同样地称斤论两
那糊涂的党人啊
偏认不出我的善良

任重载远的良马
陷在污泥中
举世无双的宝玉
不为人所重

群犬向我狂吠
无非少见多怪
侮蔑英雄豪杰
是今人的丑态

宝藏着智慧与道德
得不到世人的赞赏
人们有谁知道
我是顶天立地的栋梁

胸中堆积着仁义
我追求正直的行为

世无明君如大舜
谁能认识我的美丽

自古圣贤不同时
谁知道是什么理由
汤禹的时代过去了
遥远而不可追求

压抑着愤怒
愿意志更坚强
苦痛不能征服我
我要做后世的榜样

在黯淡的黄昏中北进
看时光已经太迟
让我的诗为我解愁吧
我要求一个壮烈的死

（尾声）
沅湘之水啊
滚滚地流去
我的道路遥远啊
又盖满了荆棘
哭声和着泪水啊
发出永恒的叹息
肮脏的世界啊
人心太污秽
高贵的灵魂啊
孤苦的遭遇
伯乐已死啊

骏马被遗弃
人类的生命啊
各有最后的归趋
定下心来啊
我无所畏惧
在死亡的前面
我绝不回避
告诉你善良的人们啊
这就是我绝命的誓语

思 美 人

我在思念我的爱人啊
独自抬起了我的泪眼
无奈阻隔着重重的河山
无人传达我衷心的惦念
爱和恨交织着
郁结在我内心的深处
从黄昏等到黎明
我的苦痛向谁倾诉

托浮云替我做媒吧
而丰隆竟置之不理
请飞鸟替我传书吧
它只顾在天上高飞

高辛氏求婚的时候
有彩凤代他致意
我倒想追随世俗的礼节
却不忍违拗我的本意

一年年的孤苦与病痛
反而加强了我的忿怒
宁愿忍痛直到老死
怎能改变我一贯的行为

我走的是前人的覆辙
知道了还得走下去
车翻了马也跟着倒下吧
走不通也得走下去

让我的马换一驾新车吗
让造父驾着它前进
但它却踌躇着不愿奔驰
宁愿游荡着等待自己的主人

虽然太阳已经偏西了
我将等待她直到黄昏
等到大地回春的时候
出现了温暖的太阳
我将以喜悦的心情
高歌于长江汉水之旁

摘一把芬芳的白芷
采一束不死的绿草
可惜古圣贤已离我而去了
谁能够分赏我的爱好

人们喜欢用杂草和野菜
织成珍贵的环佩

花花绿绿地绕满了全身
转眼间已经枯萎

让我在蛮荒之境浪游吧
欣赏江南风俗的奇异
在游览中吐泄我的忧愤
也感到片刻的惬意

何况我的周身充满了芬芳
从我的内心射出不朽的光辉
香扑扑地向远方放射
灵魂的芬芳向外洋溢
于是我的心灵和外貌一样的芬芳
我的光辉从幽谷里放射出去

让树上的薜荔花为我做媒吧
我不愿猴子一样地爬到树梢上
让池中的芙蓉花为我做媒吧
又怕被污水弄湿了脚和衣裳

我不愿像薜荔一样高攀
又不能像芙蓉一样入水
我不能适应当今的环境
只好迟疑着在荒野彷徨
愿遵守古代圣贤的法度
不能改变我一贯的主张
我苦难的命运已走向穷尽
趁着太阳未落时继续向前
我独自寂寞地走向南方
为的思念那忠贞的彭咸

惜　往　日

从前他多么信任我啊
让我参与国家的大事
我制定了公正的法令
根据先王和人民的意旨
因此国家一天天富强
他却放心地自去游嬉
我心中装满了国家的机密
就有了差错他也不责备

我生性纯正而不多言
却遭到小人的嫉视
他听了小话对我发脾气
全不问一问谁是谁非

他的耳目被蒙蔽了
又受了花言巧语的包围
他不管那些话是否属实
随意把我放逐到远方去

他相信了小人的胡说
责骂我对我逞意气
他们看不惯光明正直
把我赶走了他们才得意

为什么我没有过错
却遭到毁谤和冤屈
面对着沅湘的黑水

我愿忍痛投下去

我自己一死不足惜
可怜那昏君受蒙蔽
他太糊涂不识好歹
把好人赶走到荒野里

怎样表达我的愁苦啊
我甘愿忍痛而死去
独自流亡在荒野里
除开死也没有主意

百里奚曾经作奴隶
伊尹不过是个厨子
姜太公在朝歌作渔翁
还有那唱歌喂牛的宁戚
倘使遇不到贤明的君王
谁知道他们了不起

吴太伯喜欢听小话
子胥死了他才懊悔
介子推被烧死以后
晋文公才对他怜惜
把介山封成了禁地
用来报大德于万一
想到他过去的好处
才换了衣为他哭泣

有的因忠贞而惨死
有的因谄媚而得意

不肯辨别是非和曲直
专听小人的花言巧语
有的是芬芳的香草啊
谁能在阳光下认出它的美丽

为什么香草总会夭折
岂不由于霜雪的无情
你既是这样盲目和糊涂
自然使小人们得意忘形

小人们从来多嫉妒
说杜若不能作环佩
香草美人被遗弃
嫫母们自鸣得意
即令有西施一般的容颜
丑人代替她反说她不美丽

愿表白我的思想和行为
我竟得到这意外的遭遇
真理像日月一样的光明
像群星一般地可以辨认

没有缰绳和鞍辔
怎能乘骏马而狂奔
没有桨橹和掌舵的人
怎能乘船筏而航行
背弃了法度而一意孤行
恰好是这譬喻的例证

宁愿在荒野里死亡

怕看到更大的灾殃
我将辍笔而投水去
可叹的是那糊涂的君王

橘　　颂

上天所宠爱的橘树啊
你习惯于南方的土壤
所以你永远生长在南国
不愿迁移到寒冷的地方

我爱你根基的巩固
更爱你意志的坚定
绿叶间开着白花
那色彩使我倾心

我爱你多刺的枝条
也爱你果实的团圞
表皮上青黄交错
表示你文章的灿烂

你的风度何其明朗
你的心灵何其纯洁
你好比高贵的淑女
逗引我爱美的情怀

你年轻的心胸里
有着超人的志愿
你独立而不动摇
这精神使我赞叹

你坚定不拔的意志啊
你淡泊而开朗的心灵
你绝世独立的人格啊
你豪放而脱俗的精神

你坚持着廉正的操守
永不走入错误的途径
你为人类献身的意志
可以感动天地和鬼神

尽管岁月无情地飞逝
愿和你结成终身的良友
学习你的美丽与纯洁
学习你坚贞的操守

你的年纪虽轻
可以做万人的师长
好比首阳山下的伯夷
你永远是我的榜样

悲 回 风

狂风摇落了蕙草
使我郁闷和忧伤
蕙草因弱小而丧命
我却因苦痛而歌唱

为什么高傲的彭咸
他的精神永不死亡

真理不会被掩盖
而虚伪的哪能久长

让鸟兽成群地呼号
让野草成群地滋长
虽鱼鳞有种种的花样
只蛟龙有满腹的文章

所以甜菜苦菜不同亩
芝兰只在幽谷里开放
而绝世的美人
在史册上永远留芳

我的心飞到那高远的去处
像浮云一样地彷徨
愿把我胸中的感慨
吐倾在我的诗篇上

有一位高傲的美人
住在椒兰编成的香闺里
她每天抽咽又叹息
独自里想来想去

眼泪扑簌簌地流着
她整夜不能入睡
忍受着漫漫的长夜
她的悲愁从不消褪

白天里她在野外散步
想寻找片刻的欢娱

可是叹息触动了伤痛
她不停地痛苦地喘息

用相思织成她的佩带
用愁苦编成她的胸衣
最后阻挡住落日的去路
让狂风卷着她飞来飞去

她心上的爱人消逝了
她急得像热锅上的蚂蚁
她拉着她的衣带盘算着
她心神不定地追上前去

时光一天天地飞跑
年岁一天天地衰老
水草一天天地枯槁
香草也一天天地减少

她的相思不能消
她的打算不可靠
她宁愿干脆地死去
不愿在愁苦中颠倒

孤儿的眼泪流尽了
浪子在荒野里奔逃
他们内心的苦痛
只有彭咸知道

登高山而远望
四野里荒凉而沉默

深山里听不到回声
也感不到自我的存在

整日里只是悲愁
感不到片刻的愉快
胸中的苦痛的线
像乱麻一样解不开

无边的长天
无尽的大地
谁能响应我苦痛的呼声
谁能改变我孤高的灵魂

广大的至于无可衡量
藐小的至于无可把握
而我的无尽的悲愁
竟不能飞向遥远的去处
我但愿驾着江上的风波
去寻找彭咸的所在

我爬上江岸的绝壁
触到彩虹的顶端
我攀上这空中的虹桥
可以抚摸这蓝色的长天

我饱饮了天上的清露
用霜花供我漱口
我依在风穴前休息
惊醒时我感到痛苦

我要扫空昆仑云雾
要滤清大江的浊流
却怕看那乱石的飞湍
怕听那波涛的汹涌

乱纷纷地没有纲领
迷糊糊地没有主意
如何遏止这氾滥的洪波
我该走向哪里去

旌旗上下地飘摇
神马在左右围绕
随从们前呼后拥
我任意地在天空逍遥

看云霞的变化和
烟云的堆积
一会儿霜雪下降
一会儿海潮在拍打

愿驾着闪电的马
扬起刺条的长鞭
寻求介子推的所在和
伯夷的遗迹

我一心向往着古圣贤
再没有别的主意
我追悔过去的愿望
哀悼我未来的遭遇

我要纵身入江淮
追随伍子胥而去
我看到滚滚的江流
悲叹申徒狄的行为
他累次谏君不听
白白地怀沙而死

❋一九四五年❋

《九歌》今译[①]

东皇太一

好日子，好辰光
恭恭敬敬地祭东皇
挥舞着华丽的长剑
身上的玉佩响叮当

美玉压在神案上
手中的琼花阵阵香
供上一盘佳肴
献上一壶酒浆

扬起桴来敲起鼓
缓缓地载歌载舞
配上琴瑟笙簧
大家高声歌唱

灵巫穿着花衣裳
神堂里一片芬芳

[①] 本篇据作者手稿。曾收入《张光年文集》（第五卷）。

管弦歌舞闹嚷嚷
让你快乐啊东皇

云　中　君

灵巫已沐浴薰香
穿上了彩色的衣裳
她的妙舞迎来了云神
看天空一片灿烂的灵光

你偏喜欢住在高空上
和日月一同放射光芒
你驾着龙车披着彩衣
在高空中四处飞飏

灵巫堂皇地把你迎来
一霎时你飞回天上
你看不厌九州的广大
游不尽四海的风光
想念你使我叹息啊
为渴望你使我忧伤

湘　君

你为什么还不来
是谁把你留在洞庭湖
我也是个漂亮的美人
我要坐船去向你哀求

让沅湘不要起风浪

让江水静静地流
望穿了我的泪眼啊
在箫声里寄托我的忧愁

驾一只龙船向前进
我的目标在洞庭
远望你鲜花搭成的房屋
你的画舫停泊在江心

向着遥远的涔阳的江岸
在江上表白我的忠诚
我的话诉说不尽
有一位女郎替我伤心
我的泪水在江上奔流
我在思念你啊我的湘君

冰雪冻住了我的船
我冲不过冰雪的阻拦
这是在水中采薜荔
也像在树上采白莲
媒人的撮合有何用
我俩的交情太平淡

我的龙船轻轻地
渡过了浅浅的石滩
虚伪的爱情生仇恨
背信的朋友不能再相见

白天里在江上漂流
晚上寄宿在江岸

看倦鸟在屋顶上休息
流水在房屋里盘旋

把玉佩投在江中
把朝珠抛在醴水
摘一朵水边的香花
赠给她人间的美女
好时光不可多得
何必在愁苦中悲泣

湘　夫　人

听说女神在湖边显灵
可是望不见她的踪影
只见秋风吹皱了湖水
一阵黄叶飘落在洞庭

在水草之间远望
今晚要迎接我的女神
但鸟儿哪能飞入水草
鱼网哪能安置在树顶

我爱白芷和秋兰
我更爱我的女神
我荒忽地登高望远
只看见流水乱纷纷

麋鹿哪肯闯入庭园
蛟龙怎能来到水滨
我早上在江边奔驰

晚上过江去探问

忽听到美人来邀请
我即刻要纵马飞奔
我要在水上筑一座宫殿
用荷叶缀成我的屋顶

用紫贝嵌成我的墙壁
用香椒铺成我的殿堂
用辛夷架成我的门楣
用兰桂构成我的栋梁

用蕙草搭成我的屋檐
用薜荔结成我的帷帐
用白玉凿成我的席镇
让兰花在我的房中开放

让白芷装点我的房屋
让杜衡爬满我的屋顶
让百草充实我的庭院
让芬香布满我的门厅
但九嶷山上的诸神遮天而降
又奉命迎去了我的女神

把礼服投在江中
把朝服抛在醴水
摘一朵水边的香花
赠给她远方的美女
好时光十分难得
最好是寻求欢娱

大　司　命

打开天门
我将驾上乌云
让狂风替我开路
让暴雨打扫灰尘

你盘旋下降
我随你越过空桑
为什么四海的生灵
生死都由我主张

驾着千变万化的大气
高飞啊飞向何处去
我和你虔诚地
把上帝带到五岳去

灵衣在飘荡
玉佩叮当响
人们看不到我
我操纵着变化的阴阳

折一束神麻和琼花
我将赠给她
人一天天地老了
错过机会再难看到他

听龙车轰隆的响声
看神马冲上乌云

抱一束桂花等待他
越等越烦心

不要烦心吧
且保持美丽的容华
反正命中注定
看不到他也没有办法

少 司 命

秋兰和蘪芜
在你的神堂下开放
绿叶里的白花
浓香扑在我身上
人间有的是美人
你还为什么忧伤

秋兰开得多茂盛
绿的叶啊紫的茎
满屋里都是美人
咦,你却对我最钟情

你默默地来默默地去
驾着旋风飞入乌云里
最快乐的是初相爱啊
最可悲的是远别离

披着荷衣和蕙带
你匆匆地来匆匆地去
今晚睡在天堂的郊外吗

你在云头上等待着谁

愿同你在咸池游泳
看阳光晒干你的长发
可是我的爱人还不来
我要迎风高歌呼唤他

你的车在高空穿行
你摘下了天上的彗星
你耸着长剑抱着美人
你真不愧一个少司命

东　　君

我将从东海射出光芒
射在我扶桑搭成的阑干上
我将策马奔向何处去
如今黑夜已经洁白而明朗

驾着飞龙和雷霆的车子
我的彩旗在空中招展
我叹一口气升到高空去
我对大地有无限的依恋

哪儿来的迷人的歌舞
看热闹的人聚拢在一团
听琴瑟和着鼓声
洞箫配着钟磬
那幽雅的竽笙
那漂亮的女巫多迷人

她唱着,舞着
像小鸟儿插翅飞翔
她的舞步配着音乐的节奏
迷得云中诸神遮天而下降

披起我云霞的衣裳
我替你们射死那天狼
当我带着弓箭来到地上时
我要抓住那北斗痛饮一场
然后我策马飞向高空去
重回到东方的黯淡的家乡

河　伯

我和你一同游黄河
河面卷起了大风波

我俩坐在荷叶搭成的水车里
蛟龙拖着我俩的水车向前飞

飞到昆仑山上远望
我一时神采飞扬

我这样一直望到天晚
望到家乡又使我依恋

鱼鳞和彩龙的殿堂
朱红的紫贝的宫墙
你为何住在水中央

乘着鼋鼍带着鲤鱼兵
我和你到河滩上去游行
一阵流冰袭来使我很扫兴

我和你分手回家来
送一个美人到黄河
滚滚的波涛来迎接她
队队的鲤鱼在欢送我

山　　鬼

有个美人住在高山上
披着鲜花缀成的衣裳
她眼里含情笑得很迷人
说，你爱我吧看我多漂亮

赤豹拉着她的辛夷车
桂花的旗帜高插在车顶
她身上带着各色的香草
还摘下鲜花送给她的爱人

她说，我住在阴黯的竹林里
我来得晚因为道路太艰难

我独自站在高山之巅
看乌云在我的脚下盘旋
黑暗啊白天也这样黑暗
风起时便落下一阵阵雨点
我却安然地等待我的爱人

只有他能妆点我青春的容颜

我在山谷里采摘灵芝草
乱石和枯藤绊住我的脚
我在抱怨你为何还不来
也许你这时也在想念着我

山中的美人好像一朵花
喝的是泉水睡在松柏下
你一下爱我一下又变卦

雷在响啊雨在飘
猿猴又在深夜里叫
风在刮啊叶在落
思念你啊使我真烦恼

国　　殇

挟着长戈披着铠甲
车马纠缠着互相厮杀
冒着黑压压的旌旗和敌阵
奔驰在骤雨一般的乱箭下

敌人冲进了我们的行列
战马被砍死有的被砍伤
干脆丢掉那战马和战车
扬起棰来把战鼓敲得震天响
天怒人怨仇恨压不住
大家一齐拼死在疆场上

来到战场不用再回去
何况已经离家千万里
带着刀剑弓矢冲上去
抛却头颅热血不足惜

以忠诚而勇敢的姿态
你的意志坚强如钢铁
你死了但灵魂永不死
魂魄依旧是鬼中的豪杰

礼　　魂

敲鼓啊不断地敲
递过花来大家跳
美人的歌声实在好
春兰秋菊四时开
要永远这样热闹

附录：

张光年诗歌集书目目次

新型大合唱：黄河

　　光未然作词　冼星海作曲　生活书店（重庆）1939 年初版

　　目次：

　　　　小序（光未然）

　　　　我怎样写黄河大合唱（冼星海）

　　　　《黄河》本事（光未然）

　　　　一、黄河船夫曲

　　　　二、黄河颂

　　　　三、黄河之水天上来

　　　　四、黄水谣

　　　　五、河边对口曲

　　　　六、黄河怨

　　　　七、保卫黄河

　　　　八、怒吼吧，黄河

雷（诗集）

　　光未然著　昆明北门出版社 1944 年初版

　　目次

　　　　午夜雷声

野性的呐喊

颂歌

镇魂曲

月夜竞奏曲

跋文

再跋

《阿细的先鸡》

光未然写定　北门出版社 1944 年初版。

目次

阿细的先鸡解题（代序）

阿细的先鸡——之一　序诗

阿细的先鸡——之二　创世记

阿细的先鸡——之三　开荒记

阿细的先鸡——之四　洪水记

阿细的先鸡——之五　谈情记

阿细的先鸡——之六　成家记

我怎样整理阿细的先鸡

先鸡的曲调（附录）

《阿细人的歌》

光未然整理　人民文学出版社 1953 年再版。

目次

序言

第一部

　　创世记

　　开荒记

　　洪水记

第二部
  谈情记
  成家记

五月花（诗集）
光未然著　北京作家出版社 1960 年 5 月初版

目次

第一辑

屈原
绿色的伊拉瓦底
给新中国
市侩颂
我嘲笑

第二辑

为麦克阿瑟竞选
我的发言
春风在首都的上空欢呼
热情的打字员
小诗三首
河边玫瑰树
工人飞笔写诗篇
纸老虎造像
歌中苏会谈公报
怒火
歌红色卫星
塞上行（三首）
英雄树（七律二首）

火箭篇（二首）

　　　　　第三辑

五月的鲜花
黄河大合唱

　　　　　第四辑

在祖国和平的土地上
青年的骏马在飞奔
劳动大军开到十三陵
三门峡大合唱
朵朵红花心里开（三首）

后记

田汉光未然歌词选
　　田汉　光未然著　上海文艺出版社 1985 年 10 月初版

目次（光未然歌词部分）：
　　五月的鲜花
　　黄河大合唱
　　　　一、黄河船夫曲
　　　　二、黄河颂
　　　　三、黄河之水天上来
　　　　四、黄水谣
　　　　五、河边对口曲
　　　　六、黄河怨
　　　　七、保卫黄河
　　　　八、怒吼吧，黄河
　　赞美新中国

抗美援朝
在祖国和平的土地上
青年的骏马飞奔
拓荒歌
三门峡大合唱
　　一、龙虎斗
　　二、太阳出来一盆花
　　三、三门峡战歌
　　四、黄河英雄歌
　　五、晚风吹过三门峡
　　六、歌唱新黄河
在绿星旗下
劳动大军开到十三陵
中日青年　团结起来
全世界无产者联合起来

惜春时（诗集）

光未然著　北京作家出版社 1988 年 5 月初版

目次：
　　前记
　　十月大游行抒怀
　　惊心动魄的一九七六年
　　哭郑律成同志
　　英雄钻井队（叙事诗）
　　北望唤陶公
　　星湖·七星岩
　　惜春时
　　金镜照肝胆
　　题赵丹画展

洛阳春色
汝窑新生
聂耳墓前
蓬莱述怀
刘公岛见闻
长岛月牙湾
愿健美的歌声唱遍城乡
望长安
紫荆关路小照
崂山汉柏
赏樱绝句（三首）
赠访日四团友（四首）
新会到了
珠海即事
诗为澳门吟
大鹏歌
新会鸟岛
长怀美髯公
屯溪四首
景德镇（三首）
井冈诗草（四首）
汉江行（十五首）
苦旱唤雷雨
题韩美林画册

光未然歌诗选
光未然著　人民文学出版社 1990 年 1 月初版

目次：
自序

第一卷

五月的鲜花（歌词）

高尔基纪念歌（歌词）

在绿星旗下（歌词）

赞美新中国（歌词）

拓荒歌（歌词）

黄河大合唱（歌词八首）

素描二篇

春礼

怀念

锁着的箱子

去你的！

屈原

别

给南洋诗人

我的哀辞

午夜雷声

绿色的伊拉瓦底

在病床上（二章）

镇魂曲

民主在欧洲旅行

给新中国

市侩颂

我嘲笑

为胜利、团结与民主而歌

不怕秋风动地来（诗联）

第二卷

在祖国和平的土地上（歌词）

热情的打字员

我的发言

春风在首都的上空欢呼

三门峡大合唱

火箭篇（二首）

乌云遮不住太阳（歌词）

全世界无产者联合起来

越南组歌（四首）

巴拿马口号

第三卷

十月大游行抒怀

惊心动魄的一九七六年

英雄钻井队

聂耳墓前

刘公岛见闻

愿健美的歌声唱遍城乡

第四卷

英雄树（二首）

哭郑律成同志

金镜照肝胆

北望唤陶公

星湖·七星岩

惜春时

题赵丹画展

长岛月牙湾

望长安

紫荆关路小照

崂山汉柏

赏樱绝句
新会到了
珠海即事
大鹏歌
新会鸟岛
长怀美髯公
屯溪三首
瓷都感事（二首）
井冈诗草（四首）
江汉行（十二首）
苦旱唤雷雨
题韩美林画册

光未然诗存

光未然著　北京作家出版社 1998 年 7 月初版

目次
　　说明书

黄河卷（三十年代）

五月的鲜花（歌词）
高尔基纪念歌（歌词）
在绿星旗下（歌词）
赞美新中国（歌词）
拓荒歌（歌词）
黄河大合唱(歌词八首)
　　一、黄河船夫曲
　　二、黄河颂
　　三、黄河之水天上来
　　四、黄水谣

五、河边对口曲

六、黄河怨

七、保卫黄河

八、怒吼吧，黄河！

<h2 style="text-align:center">屈原卷（四十年代）</h2>

素描二篇
    擦皮鞋的人
    抬轿子的人

春礼

怀念

锁着的箱子

去你的！

屈原

别

给南洋诗人

我的哀辞

午夜雷声

绿色的伊拉瓦底

在病床上（二章）
    我梦见
    我病了

镇魂曲

民主在欧洲旅行

给新中国

市侩颂

我嘲笑

为胜利、团结与民主而歌

英雄树卷（五十、六十年代）

在祖国和平的土地上（歌词）
热情的打字员
我的发言
春风在首都的上空欢呼
三门峡大合唱（歌词六首）
  一、龙虎斗
  二、太阳出来一盆花
  三、三门峡战歌
  四、黄河英雄歌
  五、河边玫瑰树
  六、歌唱新黄河
雄风心上留（五古）
英雄树（七律二首）
火箭篇（二首）
乌云遮不住太阳（歌词）
全世界无产者联合起来（歌词）
越南组歌（四首）
  一、和平何自来
  二、下龙湾放歌
  三、三十万人大合唱
  四、边海河畔
钢骨铁胆
巴掌马口号
夺取春光用武装

惜春时卷（七十年代）

十月大游行抒怀
惊心动魄的一九七六年

哭郑律成同志（七绝）

英雄钻井队（叙事诗）

金镜照肝胆（五律）

北望唤陶公（五绝）

星湖·七星岩（五古）

惜春时（七绝）

采芝行（七古）

答毕朔望（七律）

大鹏歌卷（八十年代前期）

题赵丹画展（五绝）

聂耳墓前

刘公岛见闻（长短句）

长岛月牙湾（七绝）

愿健美的歌声唱遍城乡

紫荆关路小照（七绝）

崂山汉柏（十稳）

赏樱绝句（七绝三首）

  一、樱之桥

  二、樱之魄

  三、夕鹤赞

赠访日四团友（七绝四首）

  一、赠从维熙同志

  二、赠陈喜儒同志

  三、赠陈祖芬同志

  四、赠邓刚同志

新会到了（七律）

珠海即事（七律）

大鹏歌（五古）

新会鸟岛（七律）

长怀美髯公（五绝）

红树林卷（八十年代后期）

屯溪三首（绝句）

  一、屯溪三江楼即景

  二、参观陶行知纪念馆

  三、题赠林其锬、陈凤金同志

瓷都感事（旧体二首）

井冈诗草（旧体四首）

  一、五一节茨坪记实

  二、井冈印象

  三、小井观瀑

  四、一路轻车一路风

江汉行（小诗十五首）

  一、黄鹤楼

  二、望神女峰

  三、过巫峡

  四、登白帝城

  五、屈原纪念馆留字

  六、《铁流文学》题词

  七、王昭君故里

  八、过天门垭

  九、题神农架

  十、过房县

  十一、十堰道上

  十二、首届长江笔记记事

  十三、小诗自寿

  十四、故乡情

  十五、访襄阳隆中

苦旱唤雷雨（五律）

题韩美林画册（七律）

拜谢春江三尺浪（七绝）

访天尽头得句（五律）

痛心的诀别

戏赠牟平莒城盐场（长短句）

题赠中国文联烟台文艺之家（七律）

登泰山绝顶（五言歌行）

致严良堃的指挥棒（十言诗）

八方热眼望琼州（七绝）

谒海瑞新墓（长短句）

四十三年一饭香（七绝）

通什云栖度假存（七绝）

观东坡笠屐图（七绝）

鹿回头歌

红树林之歌（长诗）

友谊

三国赤壁（七绝）

潜江林海（七绝）

兴山高岚卧佛岭（六绝）

书愤（七绝）

巴东垭（七绝）

神农架道上（七绝）

长江还是好长江（七绝）

为什么

握手

一九八八江汉行（五言歌行）

当年火把手上擎（七绝）

冰心心肠热（五绝）

祝夏衍九十大寿（七古）

星海园卷（九十年代）

题赠中国儿童少年活动中心（七绝）

高谊长温肺腑间（七绝）

高谢汕头大学（附和诗）（七律）

汕头第一课（长短句）

凤城新貌（外一首）（七绝）

访深圳老街

题女娲补天雕像

过宝安

无土栽培菜圃

石湾陶艺最传神（七绝）

南海飞瀑（七绝）

东莞小诗（外一首）（七绝）

星海园沉思录

星海园诗联

丝路短歌（旧体十首）

  一、武威纪事

  二、沙漠公园留字

  三、镍都留字

  四、张掖日记

  五、血染高台映党旗

  六、嘉峪关头赛瓜节

  七、望阳关

  八、敦煌鸣沙山

  九、访敦煌莫高窟

  十、闻道河西雨

周至县仙游寺诗联

为于伶祝寿词（四言）

怀念柯仲平

八十一岁生日、小诗自遣

人人心里有个周恩来（歌词）

童话（二首）

    一、动画世界

    二、明天晚点来

茶园漫步

杭州小诗（绝句五首）

    一、莫干山

    二、含笑

    三、品茶

    四、双虹

    五、香火旺

【附录一】诗集《五月花》后记

【附录二】《光未然歌诗选》自序

《光未然旧体诗百首》

光未然著　北京华宝斋书社 2000 年初版

目次

  英雄树（红棉）（七律两首）（1959 年 4 月，广州）

  河边玫瑰树（歌词）（一九五九年五月，北京）

  越南组歌（四首）（一九六二年八月，北京）

    一　和平何自来

    二　下龙湾放歌

    三　三十万人大合唱

    四　边海河畔

  采芝行（七古）（一九七五年八月，北京）

  答毕朔望（七律）（一九七五年八月，北京）

  哭郑律成同志（七绝）（一九七六年十二月，北京）

附录：张光年诗歌集书目目次

金镜照肝胆（五律）（一九七八年十二月，北京）

北望唤陶公（五绝）（一九七八年十二月，肇庆）

星湖·七星岩（五古）（一九八七年十二月，广州）

惜春时（七绝）（1978年12月，广州）

题赵丹画展（五绝）（1980年11月，北京）

刘公岛见闻（长短句）（1986年8月，烟台）

长岛月牙湾（七绝）（1982年8月，烟台）

紫荆关路小照（七绝）（1983年9月，青岛）

崂山汉柏（七绝）（1983年9月，青岛）

赏樱绝句（七绝三首）（1985年4月，东京）

赠访日四团友（七绝四首）（1985年4月，东京）

珠海即事（七律）（1985年5月，珠海）

大鹏歌（五古）（1985年5月，深圳）

新会鸟岛（七律）（1985年6月，广州）

长怀美髯公（五绝）（1985年11月，北京）

屯溪三首（绝句）（1986年4月，屯溪）

  一 屯溪三江楼即景

  二 参观陶行知纪念馆

  三 题赠林其锬、陈凤金同志

瓷都感事（二首）（1986年4月，景德镇）

井冈诗草（四首）（1986年5月，吉安）

  一 五一节茨坪纪实

  二 井冈印象

  三 小井观瀑

  四 一路轻车一路风

江汉行（小诗十五首）（1986年10~11月旅游途中）

  一 黄鹤楼

  二 望神女峰

  三 过巫峡

  四 登白帝城

五　屈原纪念馆留字

六　《铁流文学》题词

七　王昭君故里

八　过天门垭

九　题神农架

一〇　过房县

一一　十堰道上

一二　首届长江笔会记事

一三　小诗自寿

一四　故乡情

一五　访襄阳隆中

苦旱唤雷雨（五律）（1986年11月，北京）

题韩美林画册（七律）（1986年11月，北京）

拜谢春江三尺浪（七绝）（1987年7月，北京）

访天尽头得句（五律）（1987年7月，烟台）

戏赠牟平莒城盐场（长短句）（1987年8月，烟台）

题赠中国文联烟台文艺之家（七律）（1987年8月，烟台）

登泰山绝顶（五言歌行）（1988年2月，海口）

谒海瑞新墓（长短句）（1988年2月，海口）

四十三年一饭香（七绝）（1988年3月，文昌）

通什云栖度假村（七绝）（1988年3月，海南通什）

观东坡笠屐图（七绝）（1988年3月，海南儋县）

三国赤壁（七绝）（1988年10月，沙市）

潜江林海（七绝）（1988年10月，兴山）

兴山高岚卧佛岭（七绝）（1988年10月，兴山）

书愤（七绝）（1988年10月，神农架）

巴东垭（七绝）（1988年10月，神农架）

神农架道上（七绝）（1988年10月，神农架）

长江还是好长江（七绝）（1988年11月，长江上）

一九八八江汉行（五言歌行）（1989年3月，北京）

当年火把手上擎（七绝）（1989年3月，北京）

冰心心肠热（五绝）（1989年10月，北京）

祝夏衍九十大寿（五古）（1989年10月，北京）

题赠中国儿童少年活动中心（七绝）（1990年1月，北京）

高谊长温肺腑间（七绝）（1990年5月，北京）

答谢汕头大学（附和诗）（七律）（1990年11月，汕头）

南海飞瀑（七绝）（1991年4月，北京）

石湾陶艺最传神（七绝）（1991年5月，北京）

丝路短歌（十首）（1991年8月，武威、敦煌、北京）

  一　武威纪事

  二　沙漠公园留字

  三　镍都留字

  四　张掖日记

  五　血染高台映党旗

  六　嘉峪关头赛瓜节

  七　望阳关

  八　敦煌鸣沙山

  九　访敦煌莫高窟

  一〇　闻道河西雨

八十一岁生日、小诗自遣（七绝三首）（1994年11月，北京）

杭州小诗（绝句五首）（1995年5月，杭州）

  一　莫干山

  二　含笑

  三　品茶

  四　双虹

  五　香火旺